花城年选系列

中国诗歌学会◎主编　大卫　周所同◎编选

2015中国诗歌年选

南方出版传媒

花城出版社

中国·广州

图书在版编目（ＣＩＰ）数据

2015中国诗歌年选 / 中国诗歌学会主编；大卫，周
所同编选. -- 广州：花城出版社，2016.1
（花城年选系列）
ISBN 978-7-5360-7783-6

Ⅰ. ①2… Ⅱ. ①中… ②大… ③周… Ⅲ. ①诗集－
中国－当代 Ⅳ. ①I227

中国版本图书馆CIP数据核字(2015)第295189号

丛书篆刻：朱　涛
封面画作：张　力

出 版 人：詹秀敏
责任编辑：蔡　安　欧阳薜　林　菁
技术编辑：薛伟民　凌春梅
装帧设计：　　　　视觉传达

———————————————————————————

书　　名	2015 中国诗歌年选 2015 ZHONGGUO SHIGE NIANXUAN
出版发行	花城出版社 （广州市环市东路水荫路 11 号）
经　　销	全国新华书店
印　　刷	广东新华印刷有限公司 （广东省佛山市南海区盐步河东中心路 23 号）
开　　本	787 毫米×1092 毫米　16 开
印　　张	20.5　1 插页
字　　数	200,000 字
版　　次	2016 年 1 月第 1 版　2016 年 1 月第 1 次印刷
定　　价	38.00 元

———————————————————————————

如发现印装质量问题，请直接与印刷厂联系调换。
购书热线：020－37604658　37602954
花城出版社网站：http://www.fcph.com.cn

目录 contents

周所同　　　又见草木对霜红——代序 / 001

于　坚　　　恒河 / 002

胡　弦　　　钟表之歌 / 003

韩文戈　　　发光 / 004

朵　渔　　　损益 / 005

余秀华　　　你没有看见我被遮蔽的部分 / 006

李　瑛　　　挽歌：哭小雨 / 007

李　南　　　落叶 / 015

羽微微　　　道听途说 / 015

MAXING　　大风 / 016

比特时代的老农夫　　一只鸟飞走了 / 017

南枪北钓　　新月 / 017

佳卉萋萋　　最后一颗苹果 / 018

十　耘　　　理想 / 019

陈文培　　　　春天 / 019

小鱼木语　　　故乡 / 020

孙思迪　　　　单亲儿童 / 021

钻石灵魂　　　风骨 / 021

奔跑吧杰少　　家信 / 022

欧伟明　　　　日子 / 023

飘泊尘世间　　一滴雨 / 023

似乎先生　　　空白 / 024

丁绿洲　　　　呼吸 / 024

何婧婷　　　　时间的正面 / 025

林邪云　　　　茶的生活 / 026

昨夜轻语　　　感恩 / 026

青云子2016　　白扇 / 027

蜜蜂听雪　　　信 / 028

默涵MOMO　　江雪 / 028

安诗1　　　　小时候 / 029

324　　　　　答案在风中 / 030

曾　曾　　　　无题 / 030

梁同学　　　　去见你 / 031

等待成绩的杨胖胖　　　青春 / 032

yxh葛利高里　　　折痕 / 033

吾往无惘　　　归来 / 033

阿顿·华多太　北京，北京 / 036

阿　翔　　　　拟诗记，松开 / 037

安　琪　　　极地之境 / 038

白玛措木　　给陌生人写信 / 039

白象小鱼　　中秋帖 / 040

冰　兄　　　最美的歌声 / 041

陈惠芳　　　岳麓山 / 042

敕勒川　　　一根白发 / 043

初　梅　　　姐姐，我替你在平凉 / 044

崔馨予　　　写给母亲的歌谣 / 045

风铃子　　　一生最想去的地方 / 046

风　言　　　秋日 / 047

刚杰·索木东　　站在你的白发里，阿妈 / 049

戈戎玭措　　是否可以坦言 / 051

龚学敏　　　夜读《秋翁遇仙记》/ 052

海　湄　　　来不及伤感，你就没了 / 054

海　约　　　在虚度中消耗自我 / 055

韩　东　　　这些年 / 056

红布条儿　　请允许我以风的形态再生 / 057

胡　澄　　　昙花般开放 / 058

胡思客　　　陌生的人微笑着擦肩而过 / 059

贾　丽　　　写给弟弟的诗 / 060

江南潜夫　　嵊泗行 / 061

江　汀　　　待在荒芜的当代 / 062

蓝　蓝　　　无题 / 063

离　离　　　你是我一个人的 / 064

李老乡　　黑妻　红灯笼 / 065

李轻松　　让我们再打回铁吧！ / 066

刘　剑　　落日 / 067

龙向枚　　我爱你，再没有别的 / 068

路　也　　山上 / 070

骆　英　　我的银川 / 071

绿袖子　　长河之哭 / 073

马迟迟　　最初的时刻 / 074

马万里　　孤独书 / 076

魔头贝贝　古来圣贤皆寂寞 / 077

木　寻　　风与马 / 078

诺布朗杰　勒阿短句 / 079

三米深　　净土 / 080

桑　田　　我想和你在一起 / 081

沈　苇　　遗忘之冬 / 082

沈修竹　　眼色 / 083

苏微凉　　雪事 / 084

孙昕晨　　此刻…… / 085

汤养宗　　谁来看管这取死的时间 / 087

唐　力　　缓慢地爱 / 088

唐俏梅　　拜佛的母亲 / 089

瓦　刀　　给女儿的信 / 090

王久城　　乡野来信 / 091

王小妮　　6月3号的日记 / 092

夕 染　　　死去的人什么都不缺 / 093

湘 妃　　　风穿过丛林 / 094

向 未　　　师父的话 / 095

谢宜兴　　　点燃 / 096

徐 娟　　　我不知道我对人间有这么多爱意 / 097

徐 晓　　　大雪之夜 / 098

许春波　　　目光 / 099

叶丽隽　　　较量 / 100

游天杰　　　南华寺 / 101

玉 珍　　　悲惨世界 / 102

张二棍　　　捕鳝者说 / 103

张何之　　　春雷颂 / 104

张伟大　　　你周围的一切 / 105

张鲜明　　　在千分之一秒内，我回了趟老家 / 106

张晓英　　　一种草叫火柴红 / 107

张雨丝　　　落雨暝 / 108

郑 毅　　　哲蚌寺 / 110

周 瓒　　　俄耳甫斯 / 111

庄 凌　　　惊蛰 / 112

卓美辉　　　喜欢 / 113

阿 毛　　　栀子花的栅栏 / 116

阿 未　　　逃 / 117

阿 信　　　夏天的知识 / 118

爱斐儿　　　像阳光一样照耀他们 / 119

白　兰　　　像蜜蜂返回庸常的生活 / 120

班美茜　　　月亮在一匹云马的嘴里 / 121

曾丽萍　　　大河唐城 / 122

草人儿　　　我想坐在一堆水果里 / 123

曾凡华　　　雪的回忆 / 124

车延高　　　提心吊胆的爱你 / 127

陈国华　　　光芒 / 128

陈默实　　　一年后你在哪 / 129

陈小玲　　　春天的河流 / 130

成都锦瑟　　秋日之书 / 131

池凌云　　　幽会 / 132

大弓一郎　　永生 / 133

大　解　　　太阳 / 134

大　卫　　　我的父亲是蓝的 / 135

代　薇　　　徽宗 / 136

德乾恒美　　重生 / 137

灯　灯　　　中年之诗 / 138

邓朝晖　　　流水引 / 139

蝶小妖　　　春天，是一块精心上色的布匹 / 140

东　篱　　　读碑 / 141

冬　萧　　　窗内窗外 / 142

段光安　　　走近尼雅占国 / 143

冯　娜　　　隐者 / 144

傅天琳　　　我要去邓州 / 145

高　玲　　　想起十月 / 146

高兴涛　　　五月 / 147

古　马　　　扫雪 / 148

管　一　　　皮影戏 / 149

郭新民　　　一群孩子，飞进一座老院 / 150

海　男　　　梦见了我的先知 / 151

韩玉光　　　黄昏 / 152

寒　雪　　　老夫老妻 / 153

河　西　　　中年 / 154

胡茗茗　　　歌谣之一 / 155

胡永刚　　　黑夜里的光亮 / 156

华　清　　　枯坐 / 158

华万里　　　我想说 / 159

黄礼孩　　　一个害羞的人 / 161

吉狄马加　　耶路撒冷的鸽子 / 162

吉日草　　　你粉色的灵魂 / 163

贾　真　　　平型关回望 / 164

简　明　　　在华山上，与徐霞客对饮 / 165

剑　峰　　　风暴 / 167

姜念光　　　亲眼目睹 / 168

姜庆乙　　　观象 / 169

蒋雪峰　　　赐 / 170

焦窈瑶　　　夏日的遗照 / 171

金铃子　　　访王之涣，不遇 / 172

敬丹樱　　　此山 / 174

九月入画　　给你取名：火 / 175

卷　土　　　攥着 / 176

蓝　野　　　压水井 / 177

老　巢　　　回想那些没有到来的时光 / 178

雷平阳　　　暮色 / 179

雷　霆　　　春天的瓷片 / 180

李成恩　　　我写诗 / 181

李　峰　　　致五十岁 / 183

李　浩　　　田园诗 / 184

李　晖　　　溪边小坐 / 185

李见心　　　有一些…… / 186

李　琦　　　诗人 / 187

李少君　　　著名的寂寞 / 189

李　岩　　　春天，春天 / 190

李元胜　　　我想和你虚度时光 / 191

李志勇　　　命运 / 192

梁积林　　　巴音村 / 193

梁晓明　　　石碑上的姓名 / 194

林　雪　　　途经渤海小镇 / 196

琳　子　　　皱纹女人 / 197

刘　畅　　　塔尔寺　密宗院 / 198

刘福君　　　带血的鞋掌 / 199

刘立云　　　火焰之门 / 200

刘　年　　　当我老了 / 201

刘　强　　　醒来 / 202

刘　厦　　　独自在黑暗里发着光 / 203

刘双红　　　我要用喜鹊的声音 / 204

刘向东　　　纪念碑 / 205

流　泉　　　南风 / 206

龙　郁　　　一个人的街道 / 207

陆　苏　　　低语 / 209

吕　达　　　受难 / 210

吕世豪　　　随想三吟 / 211

马启代　　　捉自己 / 212

马新朝　　　光 / 213

毛　子　　　余昭太 / 214

慕　白　　　我觉得，有一座房子是我的 / 215

娜仁琪琪格　初雪 / 216

娜　夜　　　合影 / 218

南南千雪　　默片 / 220

南　子　　　少女爱米莉·狄金森的病情报告 / 221

泥马度　　　石榴的石头城 / 224

聂　权　　　下午茶 / 225

牛　放　　　远方的锅庄 / 227

秦安江　　　二胡 / 228

青小衣　　　我想用最世俗的方式来爱你 / 229

晴朗李寒　　雾霾沉积在了岁末 / 230

冉　冉　　　　大雾弥漫 / 231

人　邻　　　　墓志铭 / 233

仁谦才华　　　经过村庄 / 234

任少云　　　　我要告诉你 / 235

荣　荣　　　　爱人谣 / 236

商　略　　　　没有一种安静是新的 / 237

商　震　　　　苦冬 / 239

沈泽宜　　　　殇 / 240

霜扣儿　　　　霜扣儿的诗 / 241

宋晓杰　　　　午餐前，在画室 / 242

苏　黎　　　　清东陵里的一只黄蝴蝶 / 244

苏　浅　　　　恒河：逝水 / 245

苏笑嫣　　　　对生活的投诚 / 246

孙晓杰　　　　伴跑员 / 247

谈雅丽　　　　恰到好处 / 248

谭克修　　　　理想 / 250

唐　果　　　　魔鬼 / 251

唐小米　　　　旅程 / 252

唐益红　　　　雅鲁藏布江的秘密 / 253

天　岚　　　　正月初二，我跪在爷爷的坟前 / 254

王国平　　　　两株芦苇 / 255

王家新　　　　变暗的镜子（节选）/ 256

王明韵　　　　下落不明 / 257

王　琦　　　　飘落 / 258

王文军　　　雪还在下 / 259

王学芯　　　破旧的通讯录 / 260

王　琰　　　向西 / 261

王　寅　　　我们不再谈论抑郁症 / 262

韦　锦　　　最好的地方 / 263

吴投文　　　春天的爱情之书 / 264

吴昕孺　　　望向天空 / 265

肖　寒　　　越来越少的生活 / 266

肖　水　　　自画像 / 267

晓　雪　　　白昼中的风页 / 268

谢克强　　　二胡独奏：《二泉映月》 / 269

谢晓婷　　　夜纪 / 270

辛泊平　　　只是，我依然不确定此生的目的 / 271

徐书遐　　　蓝菊 / 273

薛　梅　　　我看到无数次说过的山坡 / 274

亚　楠　　　秋之恋 / 275

阳　飏　　　台湾高雄：一条河流的命名 / 276

杨碧薇　　　我能说我痊愈了吗 / 277

杨东彪　　　鱼儿不知道 / 278

杨　炼　　　一只瓷枕梦见那些头颅 / 279

杨　蒙　　　时间里的故事 / 280

夭　夭　　　枯叶蝶 / 281

叶　舟　　　雪后 / 282

荫丽娟　　　诗人 / 283

尤克利　　　阳光照耀大地 / 284

于贵锋　　　星星叫，鹰也叫 / 285

余小蛮　　　蓝色鸢尾花 / 286

余幼幼　　　一个怀疑主义者被怀疑 / 287

语　伞　　　摆渡的人 / 288

张　联　　　所有的光照下来吧 / 289

张　琳　　　春天的墓志铭 / 290

张妍文　　　在开始时结束 / 291

张　烨　　　夜过一座城市 / 292

张　战　　　陌生人 / 293

张执浩　　　仿《枕草子》 / 295

郑小琼　　　豹子 / 296

周庆荣　　　大画布 / 297

周所同　　　青春回眸：留言 / 298

周云蓬　　　转身 / 299

朱建信　　　士兵雕像 / 300

庄　凌　　　人生如戏 / 301

黄　刚　　　呦呦：中国青蒿的歌唱 / 302

解　　　　　乌兰布统之歌 / 304

又见草木对霜红

——代序

周所同

  时间径直离去，季节自顾轮回，河水敞开两岸，山脉独拥高峰，自然法则走过的路上，谁回首谁看见自己的背影？而霜天草木深处，五彩斑斓的颜色，那么自由、不拘一格，又美得无法言说，一滴清露依然是大海的摇篮；循此去想，那些走在前边的、离去的、不再回来的人，他们身后掀起的波澜和留下的回音，经久不息又不忍倾听；比如写这些文字时，我的左边是刚编定的《2015 中国诗歌年选》初稿，右边则是由李小雨主编并已出版的《2014 中国诗歌年选》版本，夹在这已出版和未出版的两本书之间，我的心情是复杂的、无奈的，甚至是沉重的；离去的人把这副担子搁在我们肩头，倘若我们做不好，除了愧对他们，也无法向广大读者和诗人们交代。何况，由中国诗歌学会和花城出版社共同编选、出版的这部诗歌年选，在诗歌界已引起广泛影响和注目，它是年度诗歌的检视，是优秀作品的总汇，更是多元格局、气象纷繁、异趣杂陈、独具特色，又有区别力量作品的集体亮相。无疑，它应在接纳、包容、尊重诗人创造性劳动的前提下，还要充分体现出编选者对诗歌品质、内容、表达形式、特别是精神指向、价值体系、道德力量以及与社会、时代、现实生活、生命意识等重大命题的认定和主张。大凡经得起时间考验，有生命力的作品，一定也是具备了和谐的艺术境界，承载着普遍的人文精神及社会关切意识的作品，这是我们选择作品的标准，也是我们努力并期待这部年选抵达的高度。

为此，在编选这部诗集时，在之前只从诗歌报刊、杂志及民刊选诗的基础上，我们有意识地突破这一以贯之的体例，尽量拓展选诗的空间，首次加入系列选择的方式，并予以实践。比如中国诗歌排行榜、徐志摩微诗歌大赛及微信平台等新媒体的作品，经过认真、公正、客观地筛选，分别集中按系列一一呈现，其中许多优秀作品，已广为人知，纷纷传诵，如胡弦的《钟表之歌》、于坚的《恒河》、随处春山的《存在》、李南的《落叶》，特别是老诗人李瑛的长诗《挽歌：哭小雨》一经问世，便打动了无数读者，除却人所共知的创作背景不说，单从诗艺的角度评说，也是2015年度中国诗歌重中之重的作品。当前，是多媒体时代，微信、博客诗歌空前繁荣，它拉近了作者与读者的距离，缩短了茫茫时空的概念，千里之外刚写的一首诗，几秒钟之后，就会被编者的鼠标捉住，所以，微信、博客系列里的诗歌，是离你最近的诗歌。只不过我们先一步做了与时俱进的选择。此外，2015年是抗战胜利暨世界反法西斯战争胜利70周年，我们特别从《世界声音》一书里，选择了当代10位诗人的新作，这些作品的象征意义，发出的声音，是清醒的、警策的，同时，也是有鸽子的羽毛和翅膀的，是不可或缺的部分。

接下来，我想略去对这部诗集的概要评述，这类先入为主的文字，也仅是一家之言，难免有以偏概全之嫌，何如留待广大读者鉴赏更为客观，更有仁智互见的空间？需要强调的是：我们选诗坚持五湖四海、摒弃门户之见，本着为广大诗人、作者、读者服务的宗旨，在我们视野所及之内，尽最大可能从浩如烟海的诗篇中，挑选出真正有质地、有光泽、有趣旨、有特色、有内涵、有重量、又能与时间长期较量的篇什；在关注那些重要诗人及老诗人的同时，我们也有意识地向青年诗人、无名诗人、陌生的诗人倾斜，他们是诗歌的未来和希望，是最具创造力，最值得期待的生力军。编辑这类版本的书籍，即便小心再小心，周到再周到，最终也会挂一漏万，免不得留下遗憾，倘能做到遗憾少一些，再少一些，虽不敢宽慰自己，少一些惴惴然，也只能如此了。

最后，在此敬告各位读者的是：

本册诗集的编选者为诗人周所同、大卫等。

在本书编选的过程中，年轻诗人吕达做了大量案头工作，她所付出的辛劳、心血，都在这部年选字里行间闪烁，遵照编选者大卫的嘱咐，在这里向吕达郑重致意！

　　由于中国诗歌学会极为需要目前发表诗歌的各种纸质版本，故敬请全国各级文联、作协，及广大诗歌作者、专家、研究者、民间社团等能将明年印刷的诗歌刊物惠寄给中国诗歌学会，以支持此项工作。邮寄可采取"到付费"形式。

　　中国诗歌学会的邮寄地址是：

　　北京西直门中坤大厦16A 中国诗歌学会《年选编辑组》收。

　　诗歌电子邮箱发送：xiaomoshou0209@163.com

　　中国诗歌网网址：www.zgsgxh.com

　　联系电话：010 - 64072207　　程晓琳　高国祯

　　谢谢大家！

2015 年 10 月 20 日于北京

"中国诗歌排行榜"获奖者年选

于 坚 胡 弦 韩文戈 朵 渔 余秀华 李 瑛

于坚_{yu jian}的诗

恒　河

恒河呵
你的大象回家的脚步声
这样沉重
就像落日走下天空

（原载《中国新诗》2014—2015 诗歌排行榜卷）

胡 弦 hu xian 的诗

钟 表 之 歌

我不替谁代言。
我这样旋转只是想表明
我无须制造漩涡也是中心。
在我这里没有拖后出现的人也不存在
比原计划提前发生的事。
一切都在我指定的某个时刻上。
我在此亦在彼，在青铜中亦在
镜像中。当初，
是我从矿石中提炼出铁砂，
是我让大海蔚蓝山脉高耸，
是我折磨月亮让它一次次悔过自新因为
这也是真理产生的方式。
所有的上帝和神都从我这里出发
又回到我这里。
我建立过无数已毁灭的国家今后仍当如是。
除了我的滴答声并不存在别的宗教。
我的上一个念头是北欧的雪崩下一个
会换成中国屋檐上的鸽子。
我让爆炸声等同于咳声，

我让争吵的政客和哭泣的恋人有同一个结局。
我是完美的。不同的语言述说
同样的鸟城市天空这是我的安排。
我创造世界并大于这世界。
我不哭不笑不解释不叹息因为
这永远不是问题的核心。
当我停步我仍能把你们抓牢犹如
国王在宫殿里打盹远方
军队在消灭它能找到的东西。

（原载《中国新诗》2014—2015 诗歌排行榜卷）

韩文戈 han wen ge 的诗

发 光

我们发光，是因为万物把我们照亮
比如生下一百天，陌生的养父母就收留了我
给我内心储备了足够的能量
自此，一生，我都会在人群中与时光为伴
一些人老了，一些事远离了我
另一些人、事又来到我面前
他们发光，我们发光，万物在身边歌唱
遥远的星星呵护着我，像死去多年的亲人

它们垂下了天鹅绒的翅膀

（原载《中国新诗》2014—2015 诗歌排行榜卷）

朵渔 duo yu 的诗

损　　益

不知不觉的，像是一种荒废
如此来到人生的高处
不可能再高了
一种真实的改变已经发生
不是由时间所带来的
衰老或者流逝
而是在生命中的自然损益
接下来，要准备一种
临渊的快感了——
死亡微笑着望着你，那么有把握
需要重新发明一种死亡
以对应这单线条的人生。

（原载《中国新诗》2014—2015 诗歌排行榜卷）

余秀华 yu xiu hua 的诗

你没有看见我被遮蔽的部分

春天的时候，我举出花朵，火焰，悬崖上的树冠
但是雨里依然有寂寞的呼声，钝器般捶打在向晚的云朵
总是来不及爱，就已经深陷。你的名字被我咬出血
却没有打开幽暗的封印

那些轻省的部分让我停留：美人蕉，黑蝴蝶，水里的倒影
我说：你好，你们好。请接受我躬身一鞠的爱
但是我一直没有被迷惑，从来没有
如同河流，在最深的夜里也知道明天的去向

但是最后我依旧无法原谅自己，把你保留得如此完整
那些假象你还是不知道的好啊
需要多少人间灰尘才能掩盖住一个女子
血肉模糊却依然发出光芒的情意

(原载《中国新诗》2014—2015 诗歌排行榜卷)

李瑛 li ying 的诗

挽歌： 哭小雨

一

谁能帮助我
将这一天从一年中抽掉
谁能帮助我
将这一天的太阳拖住
牢牢地打一个死结
让它不再升起

二

这一天午夜
满天星斗打一个寒噤熄灭了
巨大的黑夜覆盖下来
世界转过脸去
北京拉上所有的窗帘
时间凝固在那儿
没有人知道

小雨，我用嘶哑的声音呼唤你
你已在千山之外
隔着风，隔着云，没有回应
空旷冷寂的病房里
只回荡着我一声尖厉的哭号
世界被撕成两半

三

我用树皮般苍老的手
抚摸你平静的脸
像六十年前抚摸你
细嫩红润的双颊
仍波动着天真和乳香
你哭的声音，笑的声音
唱歌的声音，诵诗的声音
一齐涌来，有的苦涩，有的甜美
六十年匆匆流过
纯净而炽热

四

六十年前你睁大眼睛
张望这个新奇的世界
后来，阳光朗照
你眼里鲜花开遍
后来，恐怖袭击
你两眼像惊慌的星星
后来，喧嚣岁月里
你的瞳仁是两片清澈的湖水
如今，永远关闭了
你把漫漫岁月的沧桑风雨
一起紧锁在睫毛后面

不愿告诉别人

无声中，只两滴水珠滚下眼角

静静地映着人间

一滴是浸血的泪

一滴是浸泪的血

五

小雨，几十年

我把家叫你

我把明天和后天叫你

我把我的欢乐和幸福叫你

把我的悲伤和痛苦叫你

现在，床上放着你最后一次叠好的被子

枕边放着你未读完的书

桌上放着你未写完的诗

茶杯里有你未喝完的茶

关好灯，你转身去了

只说声两天后就回来

轻轻地把门关上

如今，这一切都成了

埋在灰烬下的噩梦

我再不敢看你触摸过的东西

我目光碰到的都是疼痛

没有转动的眼睛、亲昵的呼唤

只小闹钟指针仍严肃地跳着

冷冷地告诉我

离瞬间最近的是永恒

永恒是冷寂的，苍茫万古

六

还有多少梦想和歌唱

都留在明天，你相信明天
犹如一棵树的叶子
期待发芽，有轻风细雨
你认为人间处处
只有生命、爱和美
便总用单纯和天真
解释生活中残酷的真实
让忍辱负重的沉默压碎肩膀
即使死神已经临近
你仍微笑着安慰别人
怕给人带来伤害和痛苦
你就这样迎接了渴盼的
第六十四个春天
而冰雪未消的二月
却又把你推回一月
一颗熠熠闪光的灵魂
就永远沉入了历史

七

对一个用诗养大的生命
只能到你的诗中寻找你
一条孩子翅膀般的红纱巾
拂动在早春的晨曦
一只有思想有记忆的古陶罐
孤零零蹲在黄土塬上
一颗棕色的爱幻想爱沉思的椰子
毛茸茸的沉浮在南海浪尖上
一顶沾满泥浆汗水的铝盔
闪耀在陕北油田钻台上
这就是你，小雨
这就是你永不凋谢的笑容，小雨
这就是你的信仰，你的宗教，小雨

这就是你跃动的生命，小雨
是的，这就是你，我的小雨

八

我想念你，爱你，但也恨你
你狠心丢下你哭泣的笔和
你装满一袋子的汉字、母语
丢下你夜半不断用小锤敲打的诗句
狠心丢下你的世界中
那么多朋友和可爱的生命
提着一生的记忆、未了的梦
亲人的泪、孩子的骨头和
我一颗破碎的心匆匆远去了
为什么我总在夜半突然惊醒
那是你脚步踏出的声音

九

我翻遍辞书找不到
死神词典里也找不到
一个正常的解释
怎能是我梳拢你的黑发
怎能是我捧一束白花来祭你
怎能是你的哀乐涌过我的皱纹
怎能是你坟上青草摇动我的白发
你未能偎依在妈妈怀中
此刻，难道也不能在我的翅膀下
享有一份小小的爱和温暖
现在，我的心变成一片
干枯的叶子，孤零零地
高悬在风雪枝头
瑟瑟颤动

十

小雨，对你的离去
我不愿告诉任何人
只想告诉它们——
你买来放飞的花翅膀的小鸟
现在在哪片白云里歌唱
院子灌木丛里的流浪猫
每天有谁来喂养
菜市场笼子里的小白兔
可还有人投放菜叶和萝卜
小河里你放生的鱼
该早在哪片苇丛下长大产子
邻居家蓝眼睛的波斯猫还会
跳过来追自己的尾巴跳圆舞么
我想告诉它们
那双抱过、抚摸过它们的手
带着对它们的爱远去了
在生命的摧毁与救赎之间
在料峭春寒的倾斜的午夜远去了
不懂人间悲喜却具有
同样尊严的生命呵
一起珍重地好好生活吧

十一

穿过失血的夜街走回家
天低下来，大地在颤动
哦，起风了
那双曾一次次搀扶着我
紧紧拉着我衣襟的温暖的手呢
灯火明灭中

蓦然发现
人生中痛苦和幸福竟离得这么近
蓦然发现
阵阵夜风吹着的是大地的死亡和诞生

十二

雨呀，无论走多远
都别忘曾经属于你的时空
别忘生你养你、给你痛苦和希望的大地
记住长城吧，你常去的长城
从它的垛口南望的大城中
有一盏永远为你燃亮的灯
那里是你发现自己的地方
那里是家，等着你回来
重新开始

　　附记：女儿小雨于今年 2 月 11 日夜离我而去。一个月来，她的音容始终萦绕心头，悲痛难抑，今天是 3 月 11 日，更难入睡，午夜披衣拾笔，写成此诗。

（原载《中国新诗》2014—2015 诗歌排行榜卷）

第二辑

2015 中国（海宁）徐志摩微诗歌大赛 获奖者年选

一等奖：李　南　羽微微

二等奖：MAXlNG　比特时代的老农夫　南枪北钓

三等奖：佳卉蒌蒌　十耘　陈文培　小鱼木语　孙思迪

佳作奖：钻石灵魂　奔跑吧杰少　欧伟明　飘泊尘世间　似乎先生

　　　　丁绿洲　何婧婷　林邪云　昨夜轻语

大学生特别奖：青云子2016　蜜蜂听雪　默涵MOMO　安诗1　324

　　　　曾曾　梁同学　等待成绩的杨胖胖　yxh葛利高里

　　　　吾往无惘

　　注：因大赛以微博微信等网络平台为选稿基地，故所有作者的署名为投稿时的网名。

李南 li nan 的诗

落　　叶

到了秋天，大家会踩着落叶走过
到了许多年后，妈妈和我也像这些落叶
先后从人间落进泥土
人们啊，愿你们踩着泥土，轻轻走过……

羽微微 yu wei wei 的诗

道 听 途 说

听说明年的春天很好

很值得
再活下去。

MAXING 的诗

大　风

塔里木，大风分两路
一路吹我
另一路跃过轮台，吹天下黄沙

比特时代的老农夫

bi te shi dai de lao nong fu 的诗

一只鸟飞走了

一只鸟飞走了
一片天空空了
一只鸟原来这么大

南枪北钓 nan qiang bei diao 的诗

新　月

亮一弯小镰

为流浪的云
收割乡愁

佳卉萋萋 jiā huì qī qī 的诗

最后一颗苹果

最后一颗苹果
站在秋天最高的枝头
春风已远得看不见了
只有脚下的众草，在等她

十耘 shi yun 的诗

理　　想

天空
对于没有翅膀的人来讲
始终
是一个传说

陈文培 chen wen pei 的诗

春　　天

春天，花都开了

春天，该和心上人生一群孩子
和一群羊，一群鸟儿
住在南山上

小鱼木语 xiao yu mu yu 的诗

故　乡

将身体低矮
接近土地，接近
一朵野花
故乡便迎面而来

孙思迪 sun si di 的诗

单 亲 儿 童

妈妈捏着鼻子责问：你又偷偷在屋里抽烟了？
——我只是想闻闻父亲的味道……

钻石灵魂 zuan shi ling hun 的诗

风　骨

一看到风骨两个字
我就会下意识地摸摸我的锁骨
我想问问世界，得锁住多大的风

才能叫风骨？

奔跑吧杰少 ben pao ba jie shao 的诗

家　　信

写着写着　话就咸了
风也乱了
念着念着　月光就下来了
发也白了

欧伟明 ou wei ming 的诗

日　子

日子过得不紧不慢，只有皱纹，见证了它的匆忙！

飘 泊 尘 世 间 piao bo chen shi jian 的诗

一　滴　雨

一滴雨在夜里醒着，走着/她浑身透明，冰冷
抱着整个夜晚的黑，夜晚的静
没有月亮，没有星星

似乎先生 si hu xian sheng 的诗

空　白

万物都是空白
只有你是颜色

丁绿洲 ding lü zhou 的诗

呼　吸

我爱你爱到
希望最后一次见到你
彼此能拥抱

没有呼吸的那种

何婧婷 he jing ting 的诗

时间的正面

不要赤脚在我这里散步，你看
到处都是星星们的脚印
有时候我在下棋，你让我
看起来像个反悔者

林邪云 lin xie yun 的诗

茶 的 生 活

一世浮沉
让你更加懂得
宁静之道

昨 夜 轻 语 zuo ye qing yu 的诗

感　　恩

我只是在春天
遗落了一枚种子

你却在秋天
回馈我一筐甜美的水果

青 云 子 2016 qing yun zi 的诗

白　　扇

那年你送我一把折扇
里边一片空白
直到我把它放在月光下

蜜蜂听雪 mi feng ting xue 的诗

信

想用一朵花作信
把我的香气寄给你
却找不到合适的信封
装得下它滚烫的花瓣

默 涵 MOMO mo han 的诗

江 雪

一叶舟，一个人

一壶酒，一清晨
寂静比雪还要雪
一只孤独已悄悄上了钩

安诗 1 an shi 的诗

小 时 候

小时候
以为大树就是天空
长大了
才知天空就是大树

324 的 诗

答案在风中

起风了
大风
从这里刮到那里的意思
这也是答案的一种

曾 曾 ceng ceng 的诗

无 题

在塞北的寒冬

我遇见了一匹红鬃马
它在我手中放了一支
夏天的沙枣花

梁同学 liang tong xue 的诗

去 见 你

因为要步行去见你
我极力走得很慢很慢
以降低心跳的速度

等待成绩的杨胖胖

deng dai cheng ji de yang pang pang 的诗

青　春

青春
无非是一本纯白色封皮的书
拟人的词句
简单的，小清新痕迹的排比

yxh 葛利高里 ge li gao li 的诗

折　痕

人们把日子撕成两半
一半在白天
一半在夜晚
黎明与黄昏就是那淡淡的折痕

吾往无惘 wu wang wu wang 的诗

归　来

墨滴空悬笔尖

在这唯一的道路
我只有如睡眠般跳跃
然后在跳跃中，与白色再次重合

第三辑

新媒体诗选

阿顿·华多太 a dun hua duo tai 的诗

北京， 北京

北京太大，以使我不能确定
站在哪里，才是北京。
这个城市，广阔如草原
牛羊都带着滑轮，在奔跑
一个牧人骑着一匹老马
乘夜色到最近的邻里
借一瓶酒，都得走数十个站点
换乘几道车
北京确实太大，以使我
怀疑自己，在北京
还是在北京的阑尾里
从天安门到圆明园的路程
在我家乡，可以把
山里的母牛赶回家
烧一壶奶茶喝
北京太大，声音也很大
玻璃窗离公路多么遥远
我的耳朵还能听见沙子
在每一个轮子下哀嚎

沙沙沙的哭泣
早已成为手工制造的
天籁之音
但北京的天空
非常小，犹如一顶牛毛帐篷
它毛茸茸的刺儿
扎我身子

（原载《雪域汉诗》微信平台 2015 年 10 月 8 日）

阿翔 a xiang 的诗

拟诗记，松开

从侧面看起来，排在我们之前的人，神色已经平静。
蝴蝶用尽那么小的力气
让结局变得悄无声息，是不是这样
无人知晓。
你听见雨水零星敲击窗户的声音
有几片叶子落下来
此刻你需要个人，需要所有的记忆
即使有了需要，你并不会去想，像旧病一再复发
慌张又娴静。那些人依旧没有醒来
你肯定不信

谁敢说离群索居，可有可无的念头，使身体流不出汗
历尽了压抑
脸上泛着红光，跑向盥洗室
攥紧的手有些犹豫
我摇了摇头，怎么还可以喝醉
这个月份；未遇见雨水之前夜晚是空白的
之后，雨水荡起尘埃
承受不了太多
而尽头是陌生的房屋
整个春天又过去了，你的眼神
伸向别处。
闪电还在很远的地方；我站在外面，已经看清一切
绿绿的湖面，那么粼粼，那么清亮
所以我不说松开，亦不说缅怀。

（原载《现代汉诗》微信平台 2015 年 9 月 22 日）

安琪 an qi 的诗

极 地 之 境

现在我在故乡已呆一月
朋友们陆续而来
陆续而去。他们安逸

自足，从未有过

我当年的悲哀。那时我年轻

青春激荡，梦想在别处

生活也在别处

现在我还乡，怀揣

人所共知的财富

和辛酸。我对朋友们说

你看你看，一个

出走异乡的人到达过

极地，摸到过太阳也被

它的光芒刺痛

（原载《女诗人》微信平台2015年9月17日）

白玛措木 bai ma cuo mu 的诗

给陌生人写信

我心里藏着一吨被夜雨泡过的春天的种子

和三头鹿。我的声带自动传送小半个翻腾的大海和

碎玻璃状忧伤。我羞于向穿狐皮的邻居或枕边人开口

写信给陌生人是我长达一晌的隐秘的欢欣

偏头痛、梦中大片缱绻的水生植物、被祈祷词召来的

捕鸟人的黑披风、口琴、麻绳、性、冷冷一瞥

我轻手轻脚来此，像他们偷情的妻子，掩门，给陌生人写信

这些是我想要说的。和以往的冒失不同，是我免于自毁的温柔部分

（原载《雪域汉诗》微信平台 2015 年 10 月 9 日）

白象小鱼 bai xiang xiao yu 的诗

中 秋 帖

八月如病榻，堆积残花、枯叶和叹息

收拾些过气的蝉声，筑斜塔

静待云中锦书的佯攻

饮恨江湖。终年漂泊，三尺青锋吞尽青春年少

明月夜，短松冈，秋风卸去伪装

内心尽是惨淡经营的苍凉

望闻问切后，除腰疾缠身外，气虚、味苦

性至寒，主外有忧患，内有郁结

关山万重，故乡远去千里，待饮一瓢圆月

解今夜症候。草虫低吟，化开故土熟悉的秋夜

五内俱焚，一壶浊酒二行泪水三声佛号

不敌雁西归

（原载《中国当代诗歌选本》微信平台 2015 年 9 月 10 日）

冰兄bing xiong 的诗

最美的歌声

我们会越来越粗粝，直到时间堆起一座小小的坟。
这些气体的话现在都淌成了液体的模样。

如果时光可以倒流，如同之前所有的彩排，
每一幕还将重复首演，而早已厌倦的
是这些走了又走的桥和这些乘了再乘的船。

在时间里，我们远比在这座城市里更加无聊。
我们一次次走进这扇门，打开身体，把自己装进去，
用一只杯子的水倒进另一只杯子。
我们不断地盈满、倒空，再倾注，直到溢出的水
弄湿了这个夜晚，如同窗外的河流
将落在它怀里的雨水藏进自己的身体。

十年，一个人，可以从一个形容词进化成一个动词，
也可以被熨成一个平面的后脑勺。当我们从时光中
抬起头来，像那些逆流而上的词语突然被定格，
我看见了那些浮动在天上的鸟，静默中，
似乎凭着愿望，它们就可以飘起来，

而在很久以后，我也听到了你曾经歌唱的声音。

（原载《诗歌与自由》微信平台 2015 年 10 月 15 日）

陈惠芳 chen hui fang 的诗

岳 麓 山

南岳七十二峰，我不占一峰
我把所有的亭台楼阁
都让给你们，甚至
我选择背阳的部分
悄然闲适
无需鸟瞰
长沙不过是巨大的棋盘
我只是一枚棋子上
模糊的指纹
无需抽检
湘江不过是细长的丝线
我只是一根丝线上
跳跃的音符
舍弃喧哗，我扩张起来
我是岳麓山暴露的树苑
等待着霹雳之火

告别杂乱，我清爽起来
我是岳麓山飞扬的轻风
吹拂着春天之眼
岳麓山就是我手中的
一根牧笛
占山不为王
落草不为寇

（原载《二里半诗群》微信平台 2015 年 9 月 2 日）

敕勒川 chi le chuan 的诗

一 根 白 发

一根白发落在桌子上，像是一段
可有可无的时光，被人注意或者忽略
都已经不重要了
一根白发终于找到了自己
像命，找到了命运
像人，找到了人生
一根白发长长舒了一口气，仿佛一缕
累坏了的阳光，可以
安安静静地躺一躺了，然后
怯生生地说——

我用一生，终于把身体里的黑暗
走完了

（原载《扬子江诗刊》微信平台 2015 年 9 月 1 日）

初梅 chu mei 的诗

姐姐， 我替你在平凉

十月三日，夜
姐姐，我替你在平凉
我替你在平凉河西，柳林街东
目睹一颗流放爱情的星
在夜色里涉水过河，爬上山梁
那高天厚土的山梁哦莽莽
像极宽肩阔背的西北壮汉
姐姐，你曾是一朵烂漫的山丹丹花
在他的胸膛上，放牧春天的牛羊
看白鸽自由地飞
在他的肋骨里
悄悄埋下你健康的名字
埋下干净的云朵，和嘹亮的信天游
向着太阳，明媚地笑
把脸蛋晒红，如他高原上的新娘

姐姐，而今已是深秋

我替你在平凉，凉透衣衫

而今夜的凉，是平凉的凉

是西安西去三百公里

无尽头的凉

是你在山梁上埋下的种子

不会反季长出爱情的凉

是21：35，你说"我的心很痛"的凉

是23：38，你说此刻你的灵魂

在平凉的上空飞的凉

是平凉屏住呼吸，凝听一滴清泪

自古城堞上坠落的凉

是我们不知道，在宿命里

还会有多少苍凉潜伏在来路上

等我们独自承受的凉

（原载《女诗人》微信平台2015年9月23日）

崔馨予 cui xin yu 的诗

写给母亲的歌谣

你坐在沙发上，

笔匆匆地响着，
对着那扇寂静的门。
你坐在窗前，
画板上的墨西哥诗人，
门口的那棵高大的树。
你倚墙而站，
繁忙的手指，翻动着手机屏幕
你笑了，也许是因为某句话，也许是因为某幅画
你出门时，墨镜，大衣，高跟鞋
傲娇地走过街路、走过人群
也许有一天，你会发现，
我们是那么的像
等我，一同与你走过城市，走过川河，直到那个地方……

（原载作家网 2015 年 7 月）

风铃子 feng ling zi 的诗

一生最想去的地方

天空澄明，人心纯净
古朴的篱笆上爬满夕颜
院落里洒满阳光或雨水
饮露餐粟，相爱的人有恰当的种子

就连蹲着的石凳子也一心向佛

在这有色的人间
以为遇见的动物都是一片冰心
以为遇见的河山都是绝美风景
以为，指尖的太阳会照亮整个世界
所有的黑暗都无所遁形

如今
我手上空无一物
心中空无一物

（原载《诗客》微信平台 2015 年 9 月 19 日）

风言 feng yan 的诗

秋　　日

给落日一个去处，
给脚印一个家，
夏日的恩典已经破碎，
内心的山水
却被你颠覆得如此完整；

无主的飘蓬
这小小的白色苦难，
让秋天的好天气再送你一程；
空旷的原野静默如初，
唯有西风在秋歌中不停地
徘徊，绒花纷飞；

矜持是小妹的，
嫂子是哥哥的，
这都是些没有办法的事，
噢，秋日
你这被时光的门缝挤扁的忧伤；

现在，我不想收割庄稼
也不愿赞美月光，
只想做一个不怀好意的动词
在你的骨节里潜藏起来，
下雨或冬日时，
你的身心就会感到微微的
疼……

（原载《龙湖文学》微信平台 2015 年 4 月）

刚杰·索木东 gang jie suo mu dong 的诗

站在你的白发里，阿妈

站在你的白发里，阿妈
站在白发飘落的风里
我看到所有折断的故事
被一段又一段地嫁接成人生的美丽

站在你的白发里，阿妈
站在白发养育着的思念里
我远去的马蹄声
还是你落泪的唯一理由吗
为何昨夜的梦里
却只能看到你背过身去的影子

站在你的白发里，阿妈
站在白发染绿草原的童年里
我不知道最后的伤心
还会落上哪一片土地
归乡的路上丢失了珍贵的记忆
谁还记着我优秀而诚实的名字

站在你的白发里。阿妈
站在没有你的双眸注视的夜里
别人的谎言和自己的真实
都不再是一种最后的遗弃
唯一只知道灿烂的人性
就在眼前化成最美丽的回忆

站在你的白发里，阿妈
站在你用祝福浇灌熟了的生命里
即使世风落上肩头只有永久的沉重
我仍然无法关闭
自己追寻善良的那扇窗子

站在你的白发里，阿妈
站在永远向乡而望的夜幕里
那缕袅袅而起的炊烟
仍然唤醒流浪经年的游子
阿妈，站在你不再美丽的苍老里
走过异乡的每一个街道
迎着你深情的目光
我不再害怕身后的土地上
没有留下鲜明的足迹

（原载《谢旦贴吧》微信平台 2015 年 9 月 29 日）

戈戎玭措 ge rong pin cuo 的诗

是否可以坦言

雨滴点燃石头的言辞
一个季节默守一个瞬间
诸神沉醉于天幕的脆弱，远处的山岗
暮色中彷徨
与流浪的风车不期而遇
一些事物的面孔消逝
虚幻的色彩扑向巨大的死亡

收割后的田野醉倒在地
在大风之处，赭色高原
疲惫的吟唱，手捧谷粒的人们
在土地上洒下欣喜的泪水

黄昏的江水，喷涌着粗壮的鼻息
企图让变幻不定的姿势，带走岩羊的倾诉
和草绳的卜卦
青刺稞已经老了，仿佛被天空下的蚂蚁指引
它们隐匿气候的玄妙
骨子里是躁动的极致，象征毁灭的暗示

人群奔突，更多的祈愿
在你的泪水中陷落
敏感的神经和极度的叫喊纠缠
这个时候
是否可以坦言：人性是悲哀的？

（原载《藏地诗歌》微信平台 2015 年 10 月 10 日）

龚学敏 gong xue min 的诗

夜读《秋翁遇仙记》

那些坐在纸身边的仙子，是我用时间种成的水草。
最后的依，可以在暮色中傍水，可以依人
的依。一律地剔透。
像是一种凭空的想。前世有雪，花朵们开满了我的诗歌。
可以让我的净，铺天盖地。是我的纸，和写满了的
名字：龚学敏。

仰面摊开。一页而已，便是一面之词。花朵须面朝我开，
包括我在头疼，咳嗽中的怜爱。要用生病让她们知道，
那座与前世有关的桥，雪做的桥。美好，
在水面的玉石上，透明，作鸟状。
偶尔，会飞。

要把手放进青花的瓷中，杯盏二三。秋翁，
兄弟要代她们生病了，你只可用陈年的芬芳，替我把脉。
花瓣的处方上需开诗歌几首。汉字的丸药两粒。
和着那酒服下，也可调成红色，取个吉利。
像是书中没写的莲池，不著一字，也是风情万种。

倘不见好，当开出如下：用读过唐诗的手植草，种花。
对古代心存敬畏，像是坐在水旁的衣衫，不动，
也要让水浸上来。至襟，至胸口。
一介书生，要任春水漫过，就是仅存残喘一丝，
也要似书中白描的那草，触目惊心。

秋翁，你要给她们治病，救命。开一株
名叫咳嗽的花来，用春天的呻吟护着，如轻掩的柴扉，
一启便要渡遍野的色，包括满怀的山水。

秋翁，倘有闲暇，兄弟携酒而至，邀月，和着清风。
美人，与花皆不可亵，免。酩酊之后，
你要用秘藏的水，还有
水中不动声色的花朵，
救兄弟的诗。

（原载《中国当代诗歌选本》微信平台 2015 年 10 月 14 日）

海湄 hai mei 的诗

来不及伤感， 你就没了

——悼卧夫

卧夫，现在十点，你正在向世界告别
我朝你的方向鞠躬，自己念着
一鞠躬，二鞠躬，三鞠躬
你躺在那里，没有笑

我该念叨些什么呢
冰儿哭了，冰儿哭了我也不哭
我从小就这样，能硬生生地咽下一切该出声的声音

年轻的东西，被我保留的不多了
除了手指细长之外，黑头发也开始夹带着白发
白就白吧，譬如你
被白花、白幛覆盖着，也并不显老

今天，我没有上班
我像被掏空的煤矿
即便起了天火，也迸发不出一点火星
是啊，你看，该烧的都烧完了，该走的也都走得看不见了

（原载《女诗人》微信平台 2015 年 9 月 24 日）

海约 hai yue 的诗

在虚度中消耗自我

事物间的更替
似乎早已司空见惯
面对每天周而复始的白与黑
不再悲喜。一天之中
从阳光明媚
到乌云笼罩甚至暴雨倾泻
更像是一念之间。
何必奢望于天空会一直晴朗
同样对这些潦草的生活亦不必绝望
没有人会一直活着
没有人会一直难堪地活着。
乌云终会散去
雨会停
黑夜会按时到来
那时，我们守着一个空洞的肉体
虚度自我消耗自我
直到虚无。

（原载《诗客》微信平台 2015 年 10 月 8 日）

韩东 han dong 的诗

这 些 年

这些年，我过得不错
只是爱，不再恋爱
只是睡，不再和女人睡
只是写，不再诗歌
我经常骂人，但不翻脸
经常在南京，偶尔也去
外地走走
我仍然活着，但不想长寿

这些年，我缺钱，但不想挣钱
缺觉，但不吃安定
缺肉，但不吃鸡腿
头秃了，那就让它秃着吧
牙蛀空了，就让它空着吧
剩下的已经够用
胡子白了，下面的胡子也白了
眉毛长了，鼻毛也长了

这些年，我去过一次上海

但不觉得上海的变化很大
去过一次草原，也不觉得
天人合一
我读书，只读一本，但读了七遍
听音乐，只听一张 CD，每天都听
字和词不再折磨我
我也不再折磨语言

这些年，一个朋友死了
但我觉得他仍然活着
一个朋友已迈入不朽
那就白白，就此别过
我仍然是韩东，但人称老韩
老韩身体健康，每周爬山
既不极目远眺，也不野合
就这么从半山腰下来了

（原载《中国当代诗歌选本》微信平台 2015 年 9 月 12 日）

红布条儿 hong bu tiao er 的诗

请允许我以风的形态再生

请允许我以风的形态再生。我行而无形而你看得见吹红最后这朵花儿我就进入时间里。

没有性别，没有身份。没有可以供你召唤的名字

（原载《女诗人》微信平台 2015 年 10 月 5 日）

胡 澄 hu cheng 的诗

昙花般开放

这是我们身上唯一会开花的地方
这是我们身上反复怒放和衰败的地方
这是我们身上无限夸大我们的美丽的地方
这是我们身上反复埋葬和吞噬对方的地方

这是上帝和魔鬼在我们身上共设的窗口
通过这个窗口　他们遥控我们

（原载《女诗人》微信平台 2015 年 10 月 9 日）

胡思客 hu si ke 的诗

陌生的人微笑着擦肩而过

其实我在郊外遇到的每一块无人问津的石头
都和孤独沙滩上的海浪一样
曾被远古诗人反复歌诵
远古诗作和这些孤独物事一样共享着孤独
在另一体系里热闹非凡
世界上还有多少我所不知道的秘密
会在有朝一日突然洞开
像黑洞里的桃源展现在眼前
陌生的人儿微笑着擦肩而过
交换流浪的方向

（原载《诗歌岛》微信平台 2015 年 10 月 13 日）

贾 丽 jia li 的诗

写给弟弟的诗

父亲走后
你长大了
回家的日子像星辰
挂在母亲的天空
母亲眼里的泪
终于有一只手去擦了

看看母亲的白发
一如秋草带来凄凉
你要学会做一个小站
让时光列车偶尔停上三分钟

秋天已深
我看见风吹着黄昏
吹到山的尽头，那么多的
蓝天白云，已足够我们用上一生

（原载《女诗人》微信平台 2015 年 9 月 20 日）

江南潜夫 jiang nan qian fu 的诗

嵊 泗 行

仅仅是想喝杯茶
就用海水，把嵊泗列岛
泡成了碧螺春

而我始终弄不明白
这里的海，为什么一见到我
就浑身激动个不停

缘于同一种基因
同一种颜色，一座山
和一座海就此私订终身

一群山，深入海中独占鳌头
一座海，走上岸来深入浅出
据此我敢肯定

一个安吉，加上一个嵊泗
或者说一座山加上一座海
就是一部百读不厌的《山海经》

（原载《诗歌与自由》微信平台 2015 年 10 月 15 日）

江汀 jiang ting 的诗

待在荒芜的当代

——给昆鸟

待在荒芜的当代，不如做一个梦，
跃过数十年岁月，直接到达老年。
但此刻我清晰地听到，
旷野里传来音律的碰撞声。
而梦在我们这里贬值，
像秋日的草堆，等待焚烧。
也许内地深处的某个村庄，
仍有温顺的古代讽喻。
站在山顶观望，公路有如风箱，
几百辆汽车发出轰鸣，
融入永无止境的拥挤。
天地间仍有某种宽宥，无人认识。
星星像探照灯，嵌在黑暗中，
它们曾目睹的历史荡然无存。

2015 年夏

（原载《诗藏阁》微信平台 2015 年 10 月 5 日）

蓝蓝 lan lan 的诗

无　　题

你独自享用了多少夜色的美丽；

享用了溪流射向草地的欢乐；享用并
吞下野花的芳香，当它们在银子的圆月下
闪闪发光，用石砾和泥土的供奉
大声合唱！

松树们朝你奔来，鸟儿的叫声
带着弯钩；你不认识你自己。
你这英雄的敌人，四季的管道工。

你沉睡在风暴过后的甲板上，
柳叶覆盖着你黑色的眉毛。
你的伤口正在结痂，你的血
在历史的海滩上正在被黑暗晒成盐巴。

（原载"诗人蓝蓝"博客 2015 年 4 月 11 日）

离离 li li 的诗

你是我一个人的

越来越觉得岁月珍贵
你是我一个人的，也希望你这么想
从舌尖开始，一丝丝地想，到甜，到疼痛
我们在一起
是一个人，一间厨房和多年后
一个蝴蝶出入的墓
你不在，我避免开灯
憎恨单一的光，怕把整体的东西分开

城外的柳树都枯了，一大片
他们同时失去的，对我们也是一种威胁
头发一夜间变白，就像芦苇
就为了那些夺目的
白。像雪，追赶而来
我的白
加上你的

（原载《中国当代诗歌选本》微信平台 2015 年 9 月 17 日）

李老乡 li lao xiang 的诗

黑妻　红灯笼

我的黑妻　我的胖妻　我从未为你
写过表扬稿的糟糠之妻
我打着灯笼也难找的妻啊
谁把灯笼吹灭了

炊烟熏黑的妻　吃苦吃胖的妻
把陈年糟糠酿成陈年老醋的妻
提起灯笼犹如提起辛酸事的妻
谁把灯笼吹灭了

丢在墙角的好　重新捡起的好
拍拍灰尘捧给妻子的好
有比红灯笼还要红的好
妻把灯笼吹灭了

（原载《异己者》微信平台 2015 年 2 月 9 日）

李轻松 li qing song 的诗

让我们再打回铁吧！

我始终不知道，铁是件好东西
铁是我血液里的某种物质
它构成了我的圆与缺，我内部的潮汐

许多年来，我一直缺铁
我太软，太弱
是什么腐蚀了我的牙齿，使我贫血
到处都布满了铁锈
直到我闻见了血，或闻见了海

整整一天，我们一直在打铁
我摸着我的胸口像滚烫的炉火
而我的手比炉膛更热
一股潜伏的铁水一直醒着
等待着奔流，或一个伤口
它流到哪儿，哪儿就变硬，结痂

亲爱的，不要停下
我从来不怕痛。从来不怕

在命运的铁砧上被痛击
或被粉碎，只是我需要足够的硬度
来锻造我生命中坚硬的部分

在所有的女人里，我的含铁量最高
我需要被提出来，像从灰里提出火
从哑语中提出声音
从累累的白骨里提出芬芳
连死亡都充满尊严

深深地呼吸吧！在这个夏天里
连汗水都与铁水融为一体
从此我们将是两个不再生锈的人

（原载《诗刊社》微信平台 2015 年 10 月 14 日）

刘剑 liu jian 的诗

落　日

日出日落
谁在计算着我们的日子
谁将我们从消逝的岁月
到现在的岁月

和未来的岁月中分离
谁在为我们的生活建造蜗居
并准备食物

谁在为我们的牛羊划出一片牧场
谁在为我们的爱情寻觅出合适的
配偶
谁在规划着我们的生
谁在设计着我们的死
谁在孤独
谁是停歇在我心中的所有的事物

（原载《中国新诗》微信平台 2015 年 10 月 8 日）

龙向枚 long xiang mei 的诗

我爱你，再没有别的

我发现这条路的时候
它已经在那里很多年了
寂静，幽深
通向没有尽头的远方
落叶满地，我爱你
我这样说是我爱他脚下的秋色

这样微冷的遇见
这碎碎不语的黄昏
清香袭人，我爱你
我这样说是我爱他衣袖上的晚风
它抚过那些小白花
又卷起他身上温暖的气息
我爱你，这些雨水滚过的叶尖
这些松针，香樟，紫藤萝
黄蝴蝶扑打着小翅膀
我爱你，归鸟的鸣叫，虫吟
竹尖上爬起来的淡淡秋光
十里塘缓缓流淌的槐花香
哦，真的
我爱这条小路
爱这小路上的足音和它飞翔的时光
我唯独没有说出——
我爱你，再没有别的

（原载《星星诗刊》微信平台 2015 年 10 月 15 日）

路也 lu ye 的诗

山　　上

我跟随着你。这个黄昏我多么欢喜
整个这座五月的南山
就是我想对你说出的话
为了表达自己，我想变成野菊
开成一朵又一朵

我跟随着你。我不看你
也知道你的辽阔
风吹过山下的红屋顶
仰望天空，横贯南北的白色雾线
那是一架飞机的苦闷

我跟随着你。心窸窸簌簌
是野兔在灌木丛里躲闪
松树耸着肩膀
去年的松果掉到了地上

我跟随着你。紫槐寂静
蜜蜂停在它的柱形花上

细小的苦楝叶子很像我的发卡
时光很快就会过去
成为草丛里一块墓碑，字迹模糊

我跟随着你
你牵引我误入幽深的山谷
天色渐晚，袭来的花香多么昏暗
大青石发出古老的叹息
在这里我看见了
我的故国我的前生

（原载《扬子江诗刊》微信平台 2015 年 8 月 10 日）

骆英 luo ying 的诗

我 的 银 川

如今，去一万里也不算远游
然而，我有一个漂泊的年代
如今，在天涯海角宿醉也不叫浪子
可是，我有夜夜望乡的悲伤

那些思思念念
那些生生死死

那些痛苦迷茫
都如落果在心底埋藏
它们一发芽
就痛哭失声
它们不发芽　就撕心裂肺　泪如雨下

这是我的银川
我的少年　我的青春　我的老大还乡　欲近还远
这就是我的银川
我在南极冰原自语
我在珠峰之巅眺望
我在8700米滑坠时闪念

是的，在那边城，有我的忧伤埋葬在贺兰山的苍凉
是的，在那塞上，有我的马兰花在大漠的风霜中绽放

思念　无法诉说时才算是思念
故乡无法归来时才算是故乡
故人无法相识时才算是故人
恋人无法相见时才算是恋人

沙枣花不再清香时才算是沙枣花
戈壁滩不再艰涩时才算是戈壁滩
黄河水不再泥腥时才算是黄河水
宁夏人不再是宁夏人时才算是宁夏人

这银川不再是我的银川时才算是我的银川
这岁月不再是我的岁月时才算是我的岁月
我不再是浪子时才算是真正的浪子
我不再归乡时才算是真正的归乡

这是我的银川
无关生与死

无关爱与恨

无关光荣与梦想

也无关得到与失去

是的，这就是我的银川

今夜，我们喝酒划拳，每人 三斤银川老白干

2015.7.28 于北京

（原载《中国新诗》微信平台 2015 年 10 月 9 日）

绿袖子 lü xiu zi 的诗

长 河 之 哭

——我不是三千年前的我，我是现在的我。

时而，声如裂帛

时而，音如指纹

它靠在你肩上三千年缠搏

一如女子哭长河——

哭离散

哭一粒沙子，一粒尘埃

哭水长流——

哭出家人日出日落

哭闭门修辞

哭我隔在你的对面
像是一场空穴来风
又像是弦上的两厢生面

哭的总是伤感
哭的一时性急就入了寺院
我已不是三千年前的我
我已入了这长河
我和它区区之别
不在一层纸上
而是这岸的两头

（原载《女诗人》微信平台 2015 年 10 月 7 日）

马迟迟 ma chi chi 的诗

最初的时刻

我为什么又回到这里
回到这片水域
好像我回到这里就会找到一种平衡
这条河流日夜流淌
像大地最初的时刻
这里的橡树巨大，高阔

这里的鸟栖在云上

我站在树下，不关心宇宙与时辰

不关心你，你从哪里来？

要去向哪里？风在辽阔的枝桠上行走

我站在树下，望向星辰

忽然觉得，我与它们如此接近

就像现在我如此接近你

接近一个秘密。我在想

你现在会不会在另一个星球上看我

你对此从来都不作出回答。这没关系

我现在只想躲入一片树叶小小的阴影里

躲避那些生死与爱

是不是这些对你来说都不构成意义？

你懂得万物存在一个启示

就像我回到这里，回到我们约定的地方

这里的花草、灌木

都闪烁着明亮的秩序

这里的阳光有一种奇迹的美

我身体里的每一个器官在这里都很好

你来不来，我都会感到满意

我来到这里，在这个思想般的时刻

我觉得我所有的罪孽

都可以得到一个启示

因为此刻，曾在我幼年消逝的神明

正越来越靠近我……

（原载《二里半诗群》微信平台 2015 年 9 月 6 日）

马万里 ma wan li 的诗

孤 独 书

行走至此
我已找不到更确切的词语
来描述这场意外
和身体里露出的闪电

早已过了呼风唤雨的年纪
总是低潮
总是竹篮打水
总是漏洞百出

好些时候我都是空的
旁若无人的空
没有自己的空
意念恍惚　神情黯淡

一封一封写着长信
收件人不明
地址不详
一团火焰

让口信翻山越岭

我不知道还有什么事物
将我填充得如此完满？

（原载《中国当代诗歌选本》微信平台 2015 年 8 月 30 日）

魔 头 贝 贝 mo tou bei bei 的 诗

古来圣贤皆寂寞

二十年的独饮。
漫游者被反复
倾倒在空洞里。

深夜晕着
又醒着。细雨
淋着一根火柴。

你们与我同在
这颗星球。
两只酒杯
轻轻一碰。

（原载《现代汉诗》微信平台 2015 年 9 月 22 日）

木寻 mu xun 的诗

风 与 马

车过德令哈
夜里大片蛮荒
那么多星星
偶然　摸到尘世的风
不　我和时间没有交手

坠落叫人伤感
所以你不断修着梯子　修这盏灯
这种淬炼几乎完美
黄昏烧着黄昏　雨下着雨
周围明亮如新

（原载《城市之光》微信平台 2015 年 10 月 2 日）

诺布朗杰 nuo bu lang jie 的诗

勒阿短句

我把母亲留在了勒阿
你们如果想看我的母亲
我就给你们推开那座山，推开那片森林

我把父亲留在了勒阿
你们如果想看我的父亲
我就给你们挪开那片雾，挪开那场大雨

我把我留在了勒阿
你们如果想看我
我就给你们拆开我的诗句，拆开我的词语

（原载《谢旦贴吧》微信平台 2015 年 9 月 30 日）

三米深 san mi shen 的诗

净　土

万里无云
一个人走向缥缈的远山
我相信，千江有水千江月
爱是一轮明月

爱就坐在你的掌心
像一个婴孩
在母亲怀里自在地呼吸
爱就是让心中的你
开眼，静观
遇见世界上的另一个我

山林空旷
你一个人走向苍茫
我隐约听见的
是你，还是风？
你住的地方，便是净土

（原载《诗客》微信平台 2015 年 10 月 9 日）

桑田 sang tian 的诗

我想和你在一起

我想和你在一起
天晴了去院子里晒晒太阳
天阴了就在家里不声不响
我想和你在一起
天晴和天阴都一样

我想和你在一起
年轻的时候去流浪
走不动了就告老还乡
我想和你在一起
二十岁和六十岁都一样

我想和你在一起
开心的时候就说说话
不开心也就不说了
我想和你在一起
说话不说话都一样

我想和你在一起

躺在床上谈谈梦想

谈谈远方的爹娘

睡觉不睡觉都一样

我想和你在一起

爱的时候就疯狂

不爱了也可以彻底疯狂

你爱或不爱我都一样

（原载《大诗刊》2015 年 10 月 5 日）

沈苇 shen wei 的诗

遗 忘 之 冬

颂赞或诅咒，都不能拯救遗忘

第三条道路通往叛乱的星河

风景将继续传播，但是空寂无人

无人的群山，只是一座座覆雪的孤坟

幸存者漂泊，用余生将自己修补

他已分裂成一些大漠、戈壁和孤烟

他还会从雪里挖出蚂蚁的食粮

将巨犀和猛犸，从幽冥世界拖出

不可抗拒的严冬，这个史前庞然大物

一屁股坐下来，就占领我们的版图

在喉咙刮过太多的沙尘暴之后

飞雪的、冻伤的嗓子已没有歌

（原载《诗刊社》微信平台 2015 年 9 月 26 日）

沈修竹 shen xiu zhu 的诗

眼　　色

白墙落雪

于没有镜面的窗边

青泥复醒

踏着结冰的湖面

我想用所有的颜色

来归纳你

连白昼

与黑夜的睡眠

也要放在你眼中

你的眉骨　是风

你的睫毛　便是云

眼神的流转

也要凝固成灯火群山般的琥珀

若你流泪
那么这个世界　便要下雪

（原载《诗歌与自由》微信平台 2015 年 10 月 15 日）

苏微凉 su wei liang 的诗

雪　事

我把夜晚的三分之二，用来想念一场雪
是的。这么多年来
我所在的星球，几乎没有下雪

而下雪时，恰巧你又不在
我想询问，你的城市，你的石头汹涌
深陷一场雪事：

雪，替我吻你的耳朵、鼻子
雪，替我哭泣，替我喜极而悲

（原载《小镇的诗》微信平台 2015 年 9 月 22 日）

孙昕晨 sun xin chen 的诗

此刻……

此刻，
点一根烟，就可以让生活
慢慢停下来。
如果你已经不需要眺望，
——就揉揉这颗浑浊的心吧。

窗外，又是一个秋天。
"一群大雁往南飞，
一会儿排成个一字，
一会儿排成个人字……"
四十年前，
飞过乡村小学屋顶的我们
到哪里去了？

——落日的翅膀滑翔，
生活，在缓慢中被自己看见。
被看见的过去已经死亡，
被死亡了的过去还没来得及埋葬。
还是先揉揉这颗浑浊的心吧。

又一个秋天不约而至——
它惟一的礼物，就是让这棵树
在我吸烟之前安静下来。
满目的叶子，
慈祥得足以让一个人惭愧。

我已经学会了凋零，
我还没有能够杀死全部的自己。
想起三十年前，
我就忍不住要再绿一次——
那个小小的春天，
我和你，还有这棵树。
是那一阵伴随夜幕来临的蛙鸣，
给了我们一种突然飞起来的欲望。

——人间的，闪电的，我的翅膀啊，
藏到哪里去了？

我的一支烟在上升。
我的一万年的祖国在变凉。

一棵树已经被风遗忘，
一个秋天已经不需要收藏。
放下的这颗心，
我也由它去浑浊。

——只是你的黑夜还会来临
它带来一阵剧烈的咳嗽，
像我的家乡，
像你临别时的祝福。

（原载《扬子江诗刊》微信平台 2015 年 8 月 1 日）

汤养宗 tang yang zong 的诗

谁来看管这取死的时间

我经历过一个人在怀里死去的经历，也经历过
在异乡的水井头向陌生的女人讨要一瓢水
一些蝴蝶与蝉衣总是在碎梦里
问我还能不能叫出它们的名字
宽阔的世面上我更爱孤寂的脸逐渐被什么长成
江河滔滔，大地在不停泄空自己的身体
我由白变黑，再不管一张白纸里还重叠着另一张纸

（原载《扬子江诗刊》微信平台 2015 年 9 月 6 日）

唐力 tang li 的诗

缓 慢 地 爱

—— 献给我的妻子

我要缓慢地爱，我的爱人
当我坐在这个屋子里
我要缓慢地爱着这傍晚的夕光
从窗前移到窗台。我要缓慢地爱着
这些时间。我要把 1 小时换成
60 分，把 1 分换成 60 秒
我要一秒一秒地爱你
就像我热爱你的头发，我也是
一根一根地爱，把它们
一根一根地从青丝爱成白发
而其他的人只会觉得，一瞬间
飞雪就落满了你的头颅
就像我在你的眼角，热爱你的鱼尾纹
我也用 60 年的光阴，一丝一丝地
热爱。就像我们并排而坐
我们中间有 0.5 米的距离
我就会把它分成 500 毫米，一毫米
一毫米地热爱。仿佛永远没有尽头

就像在艰苦的日子里，我爱你的泪水
我也是一滴、一滴滴热爱……
在我缓慢地爱中，我飞快地
度过了一生

（原载《中国当代诗歌选本》微信平台 2015 年 9 月 16 日）

唐俏梅 tang qiao mei 的诗

拜佛的母亲

今晚　月华普照
所有的柴扉已打开
所有的田野开放着
我的母亲
面对夜色
把菩萨举过头顶　参拜
把一生分娩的角度
从大地移到河流山川
反复地移动　移动
月光照着
母亲和飞鸟孤独相伴

（原载《女诗人》微信平台 2015 年 9 月 24 日）

瓦刀 wa dao 的诗

给女儿的信

因为这是写给不懂诗的你
因为，这是一封家书
故不使用意象，拒绝隐喻
以平铺直叙的方式，开门见山
二十三岁，正是走向成熟的年龄
听说你干工作也是蛮拼的
我既高兴又担忧，我不得不提醒
你有两样贵重的东西不能挥霍
身体是珍贵的，是父母赐予的
灵魂是高贵的，属于你自己
一切与这二者相违背的世间之事
都可以抛弃，不用纠结
爱情是一口深井，可取一瓢饮
别为这一瓢水跳进井中
疏离是非、名利场、有家室的男人
亲近灵魂、亲人、大自然
让你灵魂保洁的工作和文字
关注四季、阴晴变化，不看别人脸色
再说说我，身体感觉比以前好多了

有返老还童之征兆，不必挂念
唯独表情变化仍然不够明显
你常说我不苟言笑，表情凝重
其实，我回到家是打算哭的
见到你，我顿时就打消了哭的念头
为了不让你失望，为了弥补你的遗憾
寄给你一张我曾经笑得最灿烂的照片
带在身边，想起我就拿出来看看
若干年后，我不在尘世
还可以挂在墙上，记住——别放黑纱

（原载《扬子江诗刊》微信平台 2015 年 8 月 24 日）

王久城 wang jiu cheng 的诗

乡 野 来 信

田埂上豆荚熟了。在约定的时间里
你写来信件
你说柳树边的夕阳
真有同情心
你说，对最亲切的人要保持尊重和耐心
你说
干草垛在屋子不远处

被风吹乱了
借助于这张信纸
我想起了美好的无穷无尽。在这朴素里
我感到的幸福
就要流出来了。一种荒凉
被带到身边

（原载《诗客》微信平台 2015 年 9 月 20 日）

王小妮 wang xiao ni 的诗

6月3号的日记

慢慢吃了水银珠子的这些年
凌晨的电话只响一声。
把我们都熬老了
只有月亮还是个少年
蹭脏了的圆脸，带着这个晚上的汗。
随意搭上哪个路人的背
随意又滑掉。
更多时候小心地贴着天
生怕它攒的一大袋水银都落下来。
有月亮，却不发光
不能再远地挂着

和过去的那些年一样一样。

（原载《诗刊社》微信平台 2015 年 9 月 4 日）

夕染xi ran 的诗

死去的人什么都不缺

1

每年清明。都要上山
什么都不做，不说。他只想在
父亲的
寂静里，避一会雨。
想起头几年，山里的新坟多，人也很多
他烧纸时，妻子和女儿
认真看着。旁边的野杏树，偶尔落下
花瓣，他磕头
也跟着磕头。
那时候，雾气还没这么重
悲伤的事，看起来也很幸福。

2

一个人走在林子里
听到鸟叫
就想起第一次，给父亲擦洗身子时
那种空荡，让人战栗的
空荡。以前女儿
总跑在前面，时不时停下来叫他
爸爸，爸爸。那时候
他没听到过
鸟叫。野杏树还在开花，他最后蹲下来
像一只昆虫
坟草茂盛，他羡慕父亲。

（原载《诗同仁》微信平台 2015 年 9 月 7 日）

湘 妃 xiang fei 的诗

风穿过丛林

啊，云朵，不期而至者
它们巧妙列队，保持慎重态度
旁观者！它们间或发表意见，你听见的低语声

苍白如嘴唇。风把丛林梳过一遍又一遍
它在寻觅什么？遗失的露珠——
昨夜的珍珠链子
你要小心擦拭每朵花
你看，群山肃穆，作为背景
对于浮光与阴影，它们不置一词
此刻，所有的树背身而立
试图忽略逆光而行的，匆匆的脚步声

（原载《中国当代诗歌选本》微信平台 2015 年 9 月 25 日）

向未 xiang wei 的诗

师 父 的 话

咒语要越念越快
越念越快
漏音要赶快用心跳补上

经文要越念越清
越念越清
清如流水清如蔚蓝

真言要越念越圆

越念越圆
起死回生犹如彼岸花开

还有，心不平，木鱼会打重
气不顺，木鱼会打轻
打木鱼最忌藏杀性
每一记都要在张嘴落音前
提前四分之一拍敲在所念文字的额头

五百年前的落日认识五百年后的落日
一个"禅"字让我们隔海相望
咒语里，往事没有根没有须
经文里，烦恼没有来没有去
真言里，忧伤没有轻没有重

（原载"向未神游"新浪博客 2015 年 9 月 8 日）

谢宜兴 xie yi xing 的诗

点　燃

因此，你感到一场风暴在酝酿
两片翕动的玫瑰花瓣像蝴蝶扇动的翅膀
秉烛寒窗的书生在寺院里读到爱情

一只美丽的白狐在聊斋的旷野里狂奔

把黑夜穿在身上依然掩不住纯白的香气

不需要风吹杨柳眼中百媚千姿流转

开在夜里的栀子花，你看见了它

恍若溢酒的杯具，火焰在叶脉间流淌

这一刻，你的味蕾有了不安的蹄子

月光如酒，可你的唇边只有空空的杯盏

（原载《扬子江诗刊》微信平台 2015 年 9 月 6 日）

徐 娟 xu juan 的诗

我不知道我对人间有这么多爱意

当我对春风打开发霉的肉体

当我吐出的晦气变成了遍山的映山红

我知道我还有力气去爱

有能力化腐朽为神奇

我一无所求地来到你身边

又清清白白地离开

春日也就这么久

没人知道虚度生命的意义

我在人间兜售青春

你们来买账，"这个姑娘多可怜，停留在街头那么久"

酒足饭饱后，人影散乱
我在人群中失踪

（原载《诗歌与自由》微信平台 2015 年 10 月 12 日）

徐晓 xu xiao 的诗

大 雪 之 夜

大雪封山。夜晚守口如瓶
我是否该烫一壶好酒
等你。在江湖之远
一定要醉，免得说离别
半个月亮爬上来。微亮
接近入世的灯盏
你卸甲归来
把喜悦盛在掌心
我们无需把沉默唤醒
一言不发，在内心留下一块空地
悄悄把来路隐藏
这世界，只剩下我们的山河

（原载《中国当代诗歌选本》微信平台 2015 年 9 月 27 日）

许春波 xu chun bo 的诗

目　光

如果不是佛，我还是会认定
左眼和右眼，是世上，最长的距离
佛把它们放在一起，面对大千世界
左眼是因，右眼是果
带着因果，看着袅袅香烟
顺着烟，铎铎行走
香越来越短，烟越来越长
刚柔相间，这是我的俗世
梆梆的木鱼声，把红尘打碎
黝黑的香炉，存放着我们的前生
我把眼睛放进去，用香灰慢慢腌制
佛号熏染后，用来下酒
腌制出的今生前世，淡而无味
或许，只有佛和你，才能
将我半生散落的目光，收集起来
晒成盐

（原载《纯诗》微信平台 2015 年 10 月 15 日）

叶丽隽 ye li juan 的诗

较　　量

你在水银和时空的深处喘息，盯住我时
满是质询

你我之间，光阴的虚线在舞蹈，尘土飞扬
势不可挡
存在着一个深渊

——我袭击过一面镜子。哗啦声后
世界暂停
戛然而止的寂静、血
满地的碎片。哦不，是满地
破碎的自我，一个个，与我愕然相觑
是对峙，更是对我的嘲弄

（原载《扬子江诗刊》微信平台 2015 年 9 月 29 日）

游天杰 you tian jie 的诗

南　华　寺

一枚月光跌落
在路中央起舞
小径上的黄叶
奔跑如佛

（原载《中国新诗》微信平台 2015 年 11 月 5 日）

玉 珍 yu zhen 的诗

悲 惨 世 界

不要去河边打落水狗，
不要去路旁奚落叫花子，
不要去驯兽场看老虎，
不要去囚牢看英雄，
不要摘光头的帽子，
不要掀寡妇的裙子，
不要尝试死，不要与现实比残暴，
见到悲惨不要哭，
见到悲惨也不要笑，
是的，你睁一只眼闭一只眼
左手的苦难从右手出来
不要哭
噩梦从来没有君主

（原载《星星诗刊》微信平台 2015 年 9 月 15 日）

张二棍 zhang er gun 的诗

捕鳝者说

活着，必须要面对门前的沼泽
必须从清晨的雾岚中
逃离，或者救起暮晚时断续的炊烟
必须挣脱几声鹤啸的诗意，仿佛拔出钉子
来锥痛被冷水浸麻的腿脚
但更多的时候，是踩着几千年的淤泥
从一湾永不流逝的浑浊中
捕捉一枚唤作生活的动词
亲爱的人间，我已俯首沼泽多年
捞起过破碎的太阳，
捞起过含冤的影子，
但，更多的时候，是滑凉的一尾鳝
所以，暮晚生起的炊烟
也只是汤釜边垂涎的一种象征
当落日时分，有鹤纤长的白影
滑过这散淡的命运时，有一种美，
被永远保留了下来。称之为庸碌

（原载《雁门诗稿》微信平台 2015 年 4 月 1 日）

张何之 zhang he zhi 的诗

春　雷　颂

走进三月，走入期期艾艾的眼眶
草的牙齿啃食墓碑
又一次，死事古老而新鲜
世界经历阵痛，等待分娩
而我们，穿过无边的傍晚和它
飓风的绿色裙角
在那些即将失去形状的波浪上
万家灯火伸出昏黄的手臂
不，不要拥抱
我们既没有雨伞也不需要斗笠
别竖起围墙
我们终将彼此入侵，彼此击打
直至勇敢和不安降临
瞬间，闪电展开它白色的书页：
平原上一棵树巨大
人类啊
请熄灭一切灯火

（原载《诗刊社》微信平台 2015 年 9 月 26 日）

张 伟 大 zhang wei da 的 诗

你周围的一切

高山，不在眼中，而在心中
众神穿过黎明，万物惊醒太阳
谎言从高山走来，而我
在雾里，拄着时光的拐杖
一瘸一拐，震颤着我的思想
我的思想在发热，在燃烧
蝴蝶和蜜蜂的翅膀被灼伤
众神的影子洒满大地，万物
找到阴凉，向日葵朵朵向太阳
一点停顿，给了语言十足的把握
太阳的诉说，是风中的云
是轻飘飘的游荡，云厚了，云重了
给点颜色，给点声音，万物润泽
谎言潮湿，一堵土墙，一个家族
历史的院子树木苗壮，繁花似锦
一只飞鸟，从高山那边来
带来干燥，带来流水的方向
人类拧干谎言，把水滴还给飞翔
心中的高山，呈现在眼中

与一道彩虹不期而遇

（原载《诗客》微信平台 2015 年 9 月 24 日）

张 鲜 明 zhang xian ming 的 诗

在千分之一秒内，我回了趟老家

在千分之一秒内
我回了趟老家

下雪了
暴雪

我走着

找我的村庄，找地下的
父亲，找冬眠的虫子

找严陵河，找黄龙泉，找甜水井
找花喜鹊，找叫天子
找庄稼地里的仙家
找仙家驾着的那朵白云

在雪的被子下面
我找到了正在睡觉的肥胖的麦苗

却没有见到草，没有看到冬眠
的虫子，没有遇到仙家

当然，在老家，我并非一无所获——
我找到的是
大把的
寂静

（原载河南日报《中原风》微信平台 2015 年 11 月 3 日）

张晓英 zhang xiao ying 的诗

一种草叫火柴红

晚秋
你在衰败中完成了
小小的虚荣
指尖大的一点红
却是造化了一生的善意
我有些自卑
多艰难啊

你的小小愿望

你的一次霜降前的短暂辉煌

一丁点儿火柴红

瓦解了我

我已死去

一场梦就是一场别离

（原载《女诗人》微信平台 2015 年 10 月 9 日）

张雨丝 zhang yu si 的诗

落雨暝

——致 ST

入夜的缆车里，我们平整上升

山风如动物园般语气平和

我们总是相见，但日子一天天少下去

偶然失联的周末你去台中

而我依然晚睡，双脚冰凉

那时我还不会唱台语歌或者关心汇率

我还在点一本苦涩的黑色大书直到今天

然后睡着，在蜿蜒丛生的注上

那天他们早早地就把灯点起来

一年前的事了，我想起在某本地方志里
读过你下颌轻巧的圆弧
大厝檐下晾着阵雨，夏天闭合
而你偏着头，似乎并不懂台风的唇形
最后所有的走马灯都被耳朵吹灭了
你说起那三个女孩的下落不明
像说起三颗下落的松果

守槟榔摊的女人，棕黑地坐在她的树上
出神吧，像候鸟在换季时的那副样子
我们在夜市买了几张贴纸，又吃掉一些情怀
并前后离开，像鱼贯之形
我把它们贴在一封信上但它们最后都消失
只留下含混不清的胶水味儿

来回的路上我们经过男神们
如同聋人经过湿润的月亮
而他们在东海岸的砾滩上相遇
发射不同的信号，
喝芒果或凤梨口味的台湾啤酒
就是你在超市毫不犹豫拿起的那种

其实还有多久，我们
能在同一场冬雨里睡去呢
或使用我们来概括
橱窗前满不在乎的少女，从白雾里
剥出一袋子盐水花生和菱角壳

你大概又说了些什么
但我在想一种，多线程的雪
落在上海的天气里，使人手指变短
或者你在那时也见过一只白鸟

从反光的日暮里飞走。它的小圆眼睛
看穿了我们忧愁的南向结构

（原载《女诗人》微信平台 2015 年 9 月 30 日）

郑 毅 zheng yi 的诗

哲 蚌 寺

哲蚌寺
黄昏入山，最令人担心
不断向上的海拔。哲蚌寺躺在一片广阔的山前坡地上
金顶的大殿和墙体通白的僧房向极高处延伸
随时可以撑破双眼
而整座后山像一块被野风驯服的
巨大石头

（原载《藏地诗歌》微信平台 2015 年 10 月 8 日）

周瓒 zhou zan 的诗

俄耳甫斯

独唱声渐渐消弭了
歌者沉入巨大的地缝
时代的列车挖掘错综的隧道
在地下盘旋，如羽毛精湿的鸟

词语钢花飞溅
安全面罩后面，目光读出文明的失语症
失重的身体逃离地球
天堂的谎言铺陈精神的眠床

呵，他的牙齿崩裂
吞咽新闻的剩菜，请闭嘴
请进，请这边走，请去死
呵，他捶打末日，报复记忆

他忘却歌唱，数日子，他记账
他厌倦飞行，研制隐形枷锁

（原载《现代汉诗》微信平台 2015 年 9 月 22 日）

庄凌 zhuang ling 的诗

惊　蛰

春雷在城市的上空叫春
我摸摸自己的乳房，它睡醒了
苞谷膨胀，身体的河川肆无忌惮的呻吟
泥土如花般绽放，清风像女人一样摇摆
我们拥抱光阴，同世间万物一同经历生死
惊蛰一过，你和我也会苏醒
像蓬勃的草木从头到脚都是新的
我要穿上花裙子去看一场浪漫的电影
即使明天一片空白也相信童话
我要花枝招展却不招蜂引蝶
我要穿红戴绿却不颠倒黑白
我要学习生存之道却不循规蹈矩
我睁开眼睛，翅膀轻轻颤抖
不论人间冷暖我都热爱阳光和雨水
只有好好活着才有生机勃勃的春天

（原载 PM 诗歌杂志新浪博客 2015 年 5 月 15 日）

卓美辉 zhuo mei hui 的诗

喜　欢

用你喝过水的杯子
喝酒。

你总是
把杯子洗得太干净

我只用清水或干脆
不洗。再倒上酒

你无法容忍的灰尘
已经住满我们房间

但杯子都很干净
你放心。我只用清水

你很难理解
有些痕迹，没必要清除

我们如此不同。你

只喝水，我喜欢

用你喝过水的杯子
喝酒。陪灰尘说话

（原载《诗品》微信平台 2015 年 10 月 6 日）

第四辑

报刊杂志诗选

阿毛 a mao 的诗

栀子花的栅栏

当我还是孩子时
看着

栀子花的栅栏
各色猫翻过来翻过去

我在院子里跑来跑去
从不停息

现在我累了
靠着栀子花的栅栏睡着了

阳光和花影罩着我
像襁褓罩着小公主

猫眯着眼看我
风过来吻我

我一翻身就把

院子、栅栏、阳光、花影抖老了

（原载《诗歌风赏》2015 年第 3 卷）

阿 未 a wei 的诗

逃

你就是那个人，本质上懦弱
见风避让三分，把落叶当成子弹
把羽毛当成匕首，常常一头扎进生活的
土里，不肯探出头来
被抽象的饥饿蚕食，被莫须有的疼痛磨损
有时候还被臆想中的爱情通缉
如此这般，已让你的体重锐减，身高
也矮成了一个无人记起的名字
你从未尝试过与时光较量，在越来越多的
失眠和顾影自怜的气馁中
避开太多致命的纷争，在不断的妥协中
悄悄撤离两军对垒的战场
你就是那个人，在人群之后小心翼翼
不与任何一个影子重叠，于目光遗漏的角落
静观其变，在末日来临之前，伺机
逃出自己的一生……

（原载《诗选刊》2015 年 10 月号）

阿信 a xin 的诗

夏天的知识

西瓜是从内部坏起的。布鞋显然
比皮鞋舒服。出行需备雨具和遮阳用品。
山洪暴发切记往高处逃生。
带一本书，不一定要打开它。
支起帐篷，是想和一个人
整夜坐在它的外面。
看见黑暗中的红桦林，就意味着
看见了它背后的冰川，和头顶
一束束流星拖曳而过的巨大的夜空。

（原载《中国新诗》2014—2015 诗歌排行榜卷）

爱斐儿 ai fei er 的诗

像阳光一样照耀他们

如果枪膛对战火说:"我要长出玫瑰。"

还需要多少人去再次牺牲?

如果万物都要求和平地生长。

还需要多少人,从仇恨和掠夺的欲望中觉醒?

如果所有的人,都祈望远离战争的阴影。

还需要多少人,去把这段蹉跎的年月填平?

如果战争再次让那些农夫或学子,甘愿与刽子手和鬼子同名,甘愿成为日寇和魔鬼的同义词。

还需要多少蘑菇云,去消除一个民族对另一个民族的刻骨仇恨?

如果眼神清澈、童声稚嫩的孩子问我:"人类为什么会有战争和杀戮?"

孩子,请让我清除内心的乌云,等我把耻辱和仇恨的芒刺修剪干净。

我会对你说:"这个世界,有许多人被黑暗包围,如果你能成为太阳,就去照耀他们吧!"

（原载 2015 年 8 月初版《世界声音——纪念中国人民抗日战争暨世界反法西斯战争胜利 70 周年诗选》）

白兰bai lan 的诗

像蜜蜂返回庸常的生活

一出禅堂　我便像一粒尘埃回落到大地
百年俗事蜂群一样朝我拥来。

一只蜜蜂在花朵和蜂箱的往返中
耗去了大半生。我也一样。
在庸常的生活里洗衣做饭
照顾好亲人
我把一盘绿蔬烹饪出江山
我在大米粒里煮出珍珠
我的香都在油盐酱醋里了
阳光　你和一锅馒头一起蒸蒸日上。

我不能颓废成一摊泥。那些生活的细节像工笔
描摹了我
我召唤山水　亲人　和小野菊
一边打理房舍　一边写下一些文字
老了我也要做一个有光有亮的女人。

（原载《诗歌风赏》2015 年第 3 卷）

班美茜 ban mei qian 的诗

月亮在一匹云马的嘴里

月亮在一匹云马的嘴里
淡淡地照着恬静的草木
这人迹稀少的河野
只有鹎雀从树丛里出来玩耍
只有瘦猫躬着腰坐在石阶上

我和它们在同一片月光下
用心交谈
疑似多年的知己

有一阵子
我几乎把自己当作一只小虫子
吐出一串天籁
惊得天上的云马四散

我们
又被获得自由的月亮

（原载《诗歌风尚》2015 年第 1 卷）

曾丽萍 ceng li ping 的诗

大 河 唐 城

在巴里坤
我要的不多

莫钦乌拉山下的一片夏牧场
一群羊，几头牛，两匹马
最好再有一条毛色黝黑发亮的大狗
和我童年时养的那条黑狗一模一样

大河唐城，就应该合我的心意了

清晨，领着我心爱的黑狗在蒲类海梳妆、遛弯
傍晚就坐在古城墙上披着一身霞光发呆

月圆的时候，我就走在草场那条新修的木栈道上
和漫天稀稀落落的星星窃窃私语

（原载《诗潮》2015 年第 9 期）

草人儿 cao ren er 的诗

我想坐在一堆水果里

我想坐在一堆水果里
想想心事
这些红的苹果，黄的橙子，带花纹的白果
它们新鲜而有光泽

坐在一堆水果里
我还想悄悄地说一些话
对那些黄的梨子、橙子和木瓜说说我的初恋
对那些红的樱桃、苹果和柿子说说我的羞涩
对那些绿的杨桃、紫的葡萄说说我的等待
在水果的香气里
我一路向远

坐在一堆水果里
我的心会突然地靠近它们
带着香气和光泽

（原载《宁远文学》2015 年 1 月）

曾凡华 ceng fan hua 的诗

雪 的 回 忆

1940 年 1 月 22 日，日军南侵主力以大雪为掩护，从四堡和盈
丰六百亩头攻进浙江萧山城……

一段永远说不完的呓语

游弋在四堡和盈丰六百亩头的上空

成为萧山人心中的痛

事到如今

那一颗颗滴血的太阳

固定了当时的画面

尽管墙角已长出绿锈

那对被活埋的夫妻

仍像太极图里的鱼一样蜷曲着

期待重生

这两个饥渴的魂灵

巴望着有一天

能撕破冥冥夜色呼啸而出

然而

城南的门楼下

有更坚实的东西在晃动

闭锁的云

化作虚妄的词汇

流星雨一般的人群

都沉浸在远古的水浪声里

不知今夕何夕

墓园里的风景

红了又绿绿了又红

女墙上的龙旗

新了又旧旧了又新

丝弦铮然

夹杂着吴侬软语

摇蒲扇的阿公

在竹椅上打盹

隔江相望

钱江二桥的桥墩依然如故

丰沛无比的雪水和血水

润泽着盈丰六百亩头的五谷与花卉

在那个下雪的早晨

岩画也流血了

在晦暗的天光下放出骇人的璀璨

窒息的岩石下

许多人仍不改木讷的禀性

在青铜色刺眼星光威逼下

噤若寒蝉

然而总是有吴越的英雄儿男

挺而抗争

以血偿血以命抵命地扼守着

整整对峙了两年之久

两年里

杀声盈耳血光耀然刀尖

浙南的萧然之山日光黯淡阴风凄切

壮士不归山河也未归

钱江水至此便放任不已

如今大江东去涛声北移
四堡里的梦依然缤纷
勇士们"下滇海唯鱼鳖是见"的信念
正以"坎坎伐檀"的方式将潮声涵盖
烈士们却驾了素车白马
在古意弥漫的渡口久久徘徊
几十年过去
那些可歌可泣的故事
正按照哲学与史诗的方式
载入典籍
其实　无论远近都是彼岸的一种意象
那些液态的唱词
已逐水一段段流走
与一场久别的航行相遇
在风雨如晦的鸡鸣之前
在木叶萧条的冬至之前
以山一样的沉默珍藏了那份历史的壮烈
钱江滔滔　滔滔钱江埋没了多少传奇
竹简长长　长长竹简铭刻着多少蹊跷
岁月流殇　过往的一切已成为泡沫
渐渐远去的帆影也消失在记忆的天边
唯有那峥嵘的部分能深入历史的内心
成为哲学的永恒
而此刻　我们的思念已全部染为白色
白色的雪花一如白色的鳞片
水晶般透明着
闪耀在蛋青色的萧山之南

（原载《人民日报》2015 年 5 月 23 日）

车延高 che yan gao 的诗

提心吊胆的爱你

现在可以告诉你了，小时候
为什么不给你穿漂亮的衣裳
为什么剪了你的小辫留个男孩发式
爸爸不是重男轻女
只是你从小就和你妈一样的漂亮
漂亮的女孩子是件瓷器
怕人不小心或存心碰了
一地碎片就是父母永远的心疼
所以给你朴素
把天生丽质藏起来
让周围的眼睛忽视你
爸爸妈妈忙，不能每时每刻照看你
就用最笨的办法，禾草盖珍珠
你听了一定笑，笑吧
我们当时就这么提心吊胆的爱你

（原载《中国新诗》2014—2015 诗歌排行榜卷）

陈 国 华 chen guo hua 的诗

光　芒

光芒缭绕的天空　余晖闪闪

一双双白色的翅羽掠过
那些风中闪亮的颜色
让我想起了乳白色的瓷器

飞鸟散尽　我在剩下的天空中看见
恍惚的流星
日益模糊的铜镜
湮没了许多与光有关的颂辞

长久凝眸掌纹中交错的道路
我将熄灭浑身的光亮
把自己变成一尾无鳞的鱼

没有一丝火光
照亮这些失落的词语和它们孤单的影子
以及残存的福祉

（原载《山花》2014 年 12 期上）

陈默实 chen mo shi 的诗

一年后你在哪

一年后你在哪
鸟儿在问树叶

丛林中
多余的露水打湿了鸟儿的翅膀

即使是在春天
最大的一颗露珠
也不知道什么时候可以到达海洋

（原载《中国新诗》2014—2015 诗歌排行榜卷）

陈小玲 chen xiao ling 的诗

春天的河流

我无法向你准确描述
眼前这自顾自流淌的河水，这静默的河水
它不是你见过的沅水
它没有沅水深远，辽阔
它清浅，狭窄，蜿蜒在深山峡谷
这里没有渔舟，芦苇，没有洗蒿的女人
没有码头，也没有轮渡，没有来来往往的行人
没有樱花树，没有石头可以坐下
这里野蒿疯长，杜鹃血红
这里树木茂密，桐子花一树一树
远方，还在更远的远方
请允许我在这里，允许我站在这春天的河流
反复对你描述，它的孤单与静美

（原载《诗刊》2015 年 6 月上半月刊）

成都锦瑟 cheng du jin se 的诗

秋 日 之 书

这还是属于少数人的秋天
更多的人还两手空空
这个秋天很长
它将被延迟退出季节
风要缓缓地吹，叶子要慢慢地老
黄了，枯了
也最好挂在枝上
来填补苍茫巨大的空白
这个秋天
落叶能够覆盖的地方
都是王的封地
将被收取押金，成为秋天的人质
这个秋天，镰刀割伤了自己……

（原载《诗刊》2015 年 4 月号下半月刊）

池凌云 chi ling yun 的诗

幽　　会

她在旷野起舞，在河流边弯腰，
长发垂向大地，与所有炉火幽会。

我没有什么可以给她。
我只记得，初见她时，全身都是音符
所有钟摆都爱摇晃。

但有一阵我关上了小窗——我曾
中断热爱，只想偷偷哭泣
我梦不到
生命中美好的一切。

太可爱了，在黑暗中触摸某个词
光线出现：她在那儿
周围都是
变凉的星星。你也在那儿。

（原载《诗刊》2015 年 6 月下半月刊）

大弓一郎 da gong yi lang 的诗

永　生

从马嘶变成汽笛
电影太容易做到了
我们一样，叫喊声中
切换着沉默的日子
在手里的旧书中
冒着浓烟的黑色火车
正当妙龄
这使我想到飘荡的
沉重的长发，让我想到
在其身后，生长出的
那些孤独的城池

（原载《特区文学》2015 年第 5 期）

大解 da jie 的诗

太　阳

太阳啊，不要在天上等我，
我不配与你同行。

我还有两件事：生，死。
还有牧者，放养着无边的人群。

太阳啊，请在黑夜里等我。
我要看看你是如何从死亡中再生。

（原载《中国新诗》2014—2015 诗歌排行榜卷）

大卫 da wei 的诗

我的父亲是蓝的

我的父亲是蓝的
他骑白马的时候是蓝的
他骑白马挎小刀的时候也是蓝的

我的父亲是蓝的
有时是天蓝，有时是湖蓝
有时是湛蓝，我的父亲
有时候搬着小板凳坐在院子里
他的肩膀是蓝的，头发是蓝的

呼吸是蓝的
流水经过他的双肩
他的双肩也是蓝的

我的父亲是蓝的
他常常喜欢一个人
走到河的对岸

有一天他抖擞了一下全身的毛发

竟真的走到了河的对岸
我和母亲，姐姐站在河的这一边
看父亲慢慢地变成他喜欢的蓝，绝望的蓝
一去不复返的蓝

我的父亲永远变不成泪水里的蓝
泪水只在人间
而且，人间的泪水都蓝得有点咸

（原载《钢花》2015 年第 2 期）

代薇dai wei 的诗

徽　　宗

精舍　美婢　娈童　骏马　华灯
他把花鸟认作前生
不耐烦社稷，朝政不过是另外一场欢宴
"皇帝在一个顽童的身体里哭泣"
江山不及一张宣纸有趣
他喜欢以朱料
书写在蓝灰色纸上的奏章
而"青瓷是消极，退淡，冷遁的"
这是一个高音

宋代的工匠奉命用地上的泥土
烧制天空的颜色
它在眼前了，你还是觉得远
人迹罕至
飞尘不到的地方
美如迷失！

（原载《诗建设》2015 秋季号）

德乾恒美 de qian heng mei 的诗

重　　生

野地里的鹿和飞鸟
趁此暮色，选择远行

我曾试着轻唤她们祖先的名字
宛如神谕

（原载《中国新诗》2014—2015 诗歌排行榜卷）

灯 灯 deng deng 的诗

中 年 之 诗

害怕深夜接到电话
害怕深夜接不到电话
害怕清晨醒来
你的手
已离开我的手
害怕生铁轻盈，在天上飞
害怕云朵沉重，在水里沉
害怕仇人敲门
要祝福我
害怕亲人在天边
要呵斥我
害怕琴声远走他乡
寻找它的琴
琴声里的孩子们，赤脚，穿旧衣服
他们拉我的衣角，向我乞讨，叫我阿姨
害怕披头散发的老人
拄拐杖，端瓷碗
暮色中
喊我闺女

害怕欠下的债已还清
害怕欠下的债
永还不清
害怕不知悲从何来
害怕知道
悲，从那里来——

（原载《中国新诗》2014—2015 诗歌排行榜卷）

邓 朝 晖 deng chao hui 的诗

流 水 引

我怀念你如一条河流
一条为渐河，一条为沅水
它们在苍茫的时候离开我
它们有晚炊，灯盏
挖沙船飘浮水上
夜色在昏睡中来临
如同一次假想的对话
我羞于在镜中看你
羞于以此地的矛戳过往的盾
一间黑屋子是懂得心疼的
它只属于那时的我

那时池塘虽小，莲花安眠

（原载《诗潮》2015 年第四期）

蝶小妖 die xiao yao 的诗

春天， 是一块精心上色的布匹

抽出一部分
思维过滤。沿着心的纹路
理清脉络
风，吹醒了表情

寒冷纷纷后退
几只麻雀跳上跳下

上一章节
故事留下悬念
一支笔穿过寒冷而来
春天，是一块精心上色的布匹
执着地红，认真地绿

这熊熊的春意
和风一起，和花一起，散着逶迤的清香

（原载《诗歌风赏》2015 年第 1 卷）

东篱 dong li 的诗

读 碑
——在河北理工大学原图书馆地震遗址

这长方形的石盒子
原本是放书的
后来放了人
再后来是瓦砾和杂草
那一年一度的秋风
是来造访黑暗和空寂吗？
一本书
也会砸死一个人
一个人
终因思想过重
而慢慢沉陷到土里
如今，我不知道
是愿意让书籍掩埋
还是更愿意寿终正寝
M 形的纪念碑
有点儿晃
仿佛三十六年来
我一直生活在波浪上

如何能翻过这一页？
汉白玉大理石的指针
太重了

（原载《诗选刊》2015 年 9 月号）

冬箫 dong xiao 的诗

窗 内 窗 外

当临街的那扇小窗
不再有雨声响起的时候
我突然失眠
——连绵的雨声不绝于耳

而且，越来越稠密
越来越稠密，越来越稠密
还有回响
还有旧时打落的优雅
在泥泞的庭院里挣扎

我不知道是不是还在想原先的一些事儿
或者具体到那双孱弱的肩膀
只知道

流水兀自流的时候

落花安静落的时候

我瞬间老了下去

还咳嗽了一声

而她，噼噼啪啪下起雨来

就像现在这个样子

（原载《诗歌月刊》2015 年第三期下半月）

段光安 duan guang an 的诗

走近尼雅古国

大漠浩浩长风

把历史书页翻合

城墙坍倒时的一声长叹

仍在大漠腹地漫延

绵延成沙丘沙谷

把天地缝合

佛塔神圣而宁静

任大漠死去或复活

（原载《山东文学》2015 年第二期下半月刊）

冯 娜feng na 的诗

隐　　者

天要再高一点　　山林拱起脊背
所有枯叶都因被时光豢养而来历不明
水越走越低
像是甘于埋藏在深山的隐士
安静地听两匹马在滩涂上谈论生死

（原载《中国新诗》2014—2015 诗歌排行榜卷）

傅天琳 fu tian lin 的诗

我要去邓州

心里藏着一股流水，流水不息
我要送一些给别人。我要去邓州

骑一匹只吃油不吃草的马，快马加鞭
直下南阳至襄阳，我要去邓州

去约会一个古人，翻开一座书院
叩拜一条小径一幢楼阁无数楹联

范仲淹在石像等我千年。等我靠近
靠近一个北宋文人的博大情怀

那刻于壁立于峰，骨魂汹涌的字墨
朝阳一样每日从花洲书院升起

我必须牢记其中的十四颗：先天下之忧而忧，后天下之乐而乐

冠绝古今的赋词，写在邓州
时值中秋，我要去的必须是邓州

（原载《诗选刊》2015 年 3 月号）

高玲 gao ling 的诗

想 起 十 月

我又写到了黄兴南路
窗外的雪簌簌落下
如儿时我跌入早已干枯的草丛
那也是十月　草黄得高昂喧嚣
风起的时候草就乱了　乱得
想要挠醒一些沉睡已久的触觉

浏阳河的夜　那天你我都在
在刚熟悉起来的陌生里躲闪
紧张　慌乱，忘了去看对岸的烟火
和寥落的星空，忘了你唱的歌
忘了走过的夜色与街道

我又写下桐梓坡路　金星路　观沙路
薄薄的雪地上脚印杂沓
我们的脚印在这些脚印之下
你的脚印在我右前两三步
它们在暗黑的土壤里长出细细火苗

今夜又有噼噼叭叭的雨下在梦里
梦浮在竹叶尖上　如摇摇欲坠的雨滴
却始终没有落下

（原载《伊犁河》2015 年第 5 期）

高兴涛 gao xing tao 的诗

五　月

在五月，我还是一个不确定的人
接近生活的时候，需要比喻
我想总归有一场雨是要来的
落在窗外的清愁，与枉然之上
藏在雨水里的寂寞
从来没有人认领
没有人说，施主，请您留步

（原载《中国新诗》2014—2015 诗歌排行榜卷）

古马 gu ma 的诗

扫　雪

清音独出
黎明前的窗外
一把扫帚

没有扫除不到的雪
包括时间的缝隙里
因为担心睡不安稳
刚刚从死鬼头上生出的白发

天下积雪
天下大寒
一把扫帚
还无道于有道

独醒之人
太阳
背着一捆滴水的柴火
已经上路

（原载《诗刊》2015 年 2 期）

管一 guan yi 的诗

皮 影 戏

快些安静下来吧　　在舞台上
当几块皮在飞舞
当它们替代我们忙得上气不接下气。一头牲口
在经历怎样的打磨后　　才能如此
轻盈。不像那些座位上臃肿不堪的看客
在探头探脑地窥视　　他们
向往那幕后的操纵者。
当鼓点暗示高潮到来的刹那间
每个人的手心都攥了一把汗　　可怜
击打命运的锣声还未响起
就有人在台下晕眩。皮在飞奔
在上马　　抽刀　　在断头台上转身抽泣
皮啊　　影子在紧紧追随
皮啊　　在白布上设下陷阱。
快掐灭咳嗽　　快让一块皮完成命运
完成崩溃　　破碎。据说
一块皮的华丽转身在于它的腐烂
在于它生前所受的折磨
可这是圈套。有人为它哭泣

给它理想　却没有人拥抱它的冰凉。

（原载《扬子江诗刊》2015 年第五期）

郭 新 民 guo xin min 的诗

一群孩子，飞进一座老院

——太行山，一个砖壁小村，曾是抗日战争中
八路军总部所在地

如今，它被确定为红色革命教育基地

做梦的鸽子让蓝天飞翔
多彩的心灵使世界缤纷

一群孩子，鸟一样飞进一座老院
这个午后，他们是翱翔的翅膀
天真快活的羽毛
更是惊愕和迷惑的眼睛

一群唱歌的鸟倏然失声
他们流泪、恐怖、震撼
第一次闻到血腥，第一次懂得
什么是强盗，什么是英雄

他们在瞬间长大
瞬间知道幸福的含义
胸前的红领巾飘啊飘
像风像飞
更像一双手拍了拍
他们的肩膀……

（原载 2015 年 8 月初版《世界声音——纪念中国人民抗日战争暨世界反法西斯战争胜利 70 周年诗选》）

海男 hai nan 的诗

梦见了我的先知

在水之上，遥远是一种漪澜，通过它的牵引
我找到了柴禾，找到了坐在灯盏下的你
天空亮得炫白，我们站在庙宇之外
经卷中有轻盈的水，它会延续一个人的吟诵

风雨欲来时我推开窗户，这些木格窗
有棱角也有转弯。啊，呼吸
每到这样的光景，我就会呼吸到你的味道
这味道像树荫间那些伸展的枝条

你浑身上下都散发出我沉迷一生的奥妙
这不是一个春天就可以聚首的蝉鸣
也不是一个深秋就能诠释清楚的幸福
你的力量，犹如万物从咏怀到咏唱的震撼

你曾震撼过我的一次梦境：雪白的苍茫间
水通过漪澜使垂向我的晨曦透明如你的吟诵

（原载《诗选刊》2015 年 3 月号）

韩玉光 han yu guang 的诗

黄　昏

沿着小路
穿过宅子南面的这片林子。
大约一小时左右
黄昏准时降临在冬日的红门山下。
群鸟开始鸣叫，山岚隐约。
我在林中小路停下来，我不知道自己
为什么突然停住了脚步。
似乎，内心有一群鸟
要回应枝头的琴声，却又无力涌起浪花。
一定有什么奇迹

正在看不见的地方发生。
夕光从西边斜射过来
薄薄的铺在树木的枝头——
那里，曾落尽一万片叶子
曾让我挥霍过犹如林中小径的目光。

（原载《诗刊》2015 年 6 月号下半月）

寒雪 han xue 的诗

老夫老妻

半辈子了，还是第一次写到你
写到你，便要写到
那个和我同枕共眠的人
与我叮叮当当吵嘴磨牙的人
那个不会花言巧语却只会按点上班的人
那个保证让我过上好日子却始终兑不了现的人
那个和我赌气时，还偷偷看我动向的人
那个不高大不帅气不富有却自我感觉良好的人
那个把天下男人视为敌人的人
那个把我当成妻子、女儿、母亲的人
于我，你使用了所有的昵称——还嫌不够
于你，我仅仅使用了"哎"，或者去掉姓氏的名字

如果说，当年我们的婚约是个错
而如今，我们硬生生把这个错
过成了习惯，和幸福

（原载《中国新诗》2014—2015诗歌排行榜卷）

河西 he xi 的诗

中　年

——给森子

已经沉默了很久，时间，令人惊恐不安。
他的号角吹遍我们的每一片领地，
我们的身后，我们的下面和周围，
时间又长又密，又是那么迫近。
有时，他变为一片空白，随后，吸引着我们的回忆；
有时，他又喧嚷着将风帆扯满，大河
宽阔无比。我们带着对未来徒然的爱，
繁衍、驯顺、踏上征途。

像一把锐利的斧子，即使在破开
空气的时候，也受着损伤；
我们的队形散了，一张张半明半暗的脸
拧着眉头，唠唠叨叨。

虽然如此，
我们还要每天目睹黑夜溶解的样子，
以及聆听远方的
一声钟鸣。

（原载《诗刊》2015 年 5 月号下半月刊）

胡茗茗 hu ming ming 的诗

歌 谣 之 一

日子一天天过去
爱情一天天消失
我们假装什么也没发生
而我已经变老
你也恍若冲进沙滩的鱼
即使温柔的生命所剩无几
我仍要像只忧伤的鸽子飞临你的木门
"咕咕"呀"咕咕"地告诉你
假如面前有两条路
你要选择艰苦的——比如我
会把你命中最好的部分"榨"出来
我的鸽子呀你不要哭
那些石头呀不知道

不知道死后的人儿会升上天
运气不好的会变成雨
重新无奈落回地面
重新遇见不懂爱的人

（原载《诗潮》2015 年第 8 期）

胡 永 刚 hu yong gang 的诗

黑夜里的光亮

1

有多少光亮是在黑暗中点燃的，像我
此刻坐在深夜里，多么幽静，又多么透明
这深不见底的阻隔是单纯而忧郁的
它的温热漫过重重山水，带着久违的呢喃
深入石头和蔓草的梦境。那些互相避开的话题
形如水的姿态，从高处降落而后复聚
而时间替我们打开一扇玻璃门
让人看到真实的世界却无法触及
黑夜里的光亮，因折射而脆弱，却不沉重
我们能看见，我们所能看见的一切

2

一切都可以转化。像音乐在灯光的背后浮动
谁的指尖在丝质的皮肤上滑动，如纷披的芦花
让低垂的翅膀在曲线中缓缓展开
我看见你摇动的海，海上花迷蒙而轻轻颤跃
有如一簇酒的浪花，更似充满醉意的脸颊
而两岸水草翁郁，瀑布垂落，沟壑幽深
你用凹处的灼热呼唤我，目光溅起的水花
清澈而纯净。那大朵大朵被声音翻松的土地
正以孑然独处的形态撕咬内部的蛮荒
尽管我无法用一杯水覆盖泥土，尽管那焦渴
足以将我燃成灰烬，我仍以蓄水的沙枣的根须
深入你，那或许就可证实苍凉中永久的存在？

3

是的，不必以任何形式界定存在
当水与水拥抱，火与火缠绕，时间正以风刀
在折叠中切割自己，逼近的哀怨让灵魂呼号
尽管只有黑夜的一蓬光亮，尽管夜色中的依偎
依然孤独，可我们的心是热的，仍可感知
仍可醉饮，仍可置身于纯净且温润的世界
而当语言在致命的音乐中消失，生命在生命中
存在着，凋零只是回归，万物有它自己的呼吸
现在，是冬天了，我与旷野的树没有两样
本能地吸收阳光。雪落下来，代替我们说话
一切事物在朴素而简单中运行，昼夜交替
没有隐喻，没有极致，也没有终结

4

纯净的夜只有在意念中存在着。灯火跳跃

雪，扑打着窗纸。往事在杂乱中隐没，如雪后
斑驳的原野和伸向远方的钢轨。可我不相信道路
并不因为陷阱都在路上。我只想随你隐隐的呼唤
在天光里消遁。也许，灵魂只是灵魂的事
不要惊动肉体，音乐没有体温，却让我们燃烧。
这只是生命对生命的顶礼，或许你知道，或许不。
我们借助的事物远不止这些，文字间的气度与精血
日落时的暮色与山影，旅途中的落花与流水……
是的，当爱成为疼痛，亲近只是一种仪式
如今夜我不动而飞，低眉抬首间已走遍千山万水
多少这样的瞬间，夜因寂静而深不可测
多少这样的瞬间，你因什么而泪光盈盈？

（原载《诗选刊》2015 年 3 月号）

华清 hua qing 的诗

枯　坐

他梦见自己身体里的水
在减少。这种干枯是一个过程
现在他还有水，只是坐着，水并不发出哗然的响声

他更静下来，终于听见耳边有轰响的声音

那是血液在流动，经过日渐狭窄的上游
像黄河上的壶口瀑布

他看见时光的沙漏在一秒秒流逝
尘埃在空气中迅速变大
光线落下来，但也发出奇怪的沙沙声

他听见了塌陷无声的
巨响，以及更深的寂静。他望见时针的骨牌
正一步步接近跳水的悬崖

他仍然坐着，坐了好大一会
他看见自己的一半慢慢倒了下去
但另一半晃了晃，最终又慢慢站起

（原载《人民文学》2015 年第 1 期）

华万里 hua wan li 的诗

我 想 说

我想说，慢慢看海，就是在辽阔自己
我想说，乌鸦在倾听，雪很白
我想说，不要乱开花，要懂得敬重春天

我想说，谁在一个字上磨刀

我想说，我的寂寞也有波涛汹涌的时刻

我想说，指尖上的露珠很晶莹

我想说，把雷声和花香对折起来

我想说，一朵花的最后一瓣才够我痛惜

我想说，文字也能作虎狼之药

我想说，春风决不做斗米斤花一丈布的事情

我想说，江山不是肉

我想说，路反过来的时候风也吹不对

我想说，那个人是旧灯盏

我想说，她的月光中有一条很美的伤口

我想说，幸福停下，痛苦快跑

我想说，我惊异于许多花都老成了果实

我想说，我在寻找看见天空轰然倒下的人

我想说，"太阳之下，坟墓连绵不断"

我想说，北斗星上也有我的泪水

我想说，站在高山面前也不要让自己矮小

我想说，黎明之处朝霞堆积如火炭……

（原载《星星诗刊》2015 年第 1 期）

黄礼孩 huang li hai 的诗

一个害羞的人

——致俄罗斯诗人库什涅尔

将自己的诞生推迟，这样的事
你并不懂得，你是缪斯偷来的孩子
左耳听着俄罗斯原野的之声
右耳闻着人间的芜杂之音
你留心当一名鉴赏家
绝妙的玩笑，还有前方的暗
你也要从中辨认出历史的光线

做一个不幸的人，没有什么好羞耻
你的自嘲，也是生活补充的盐
在他人与自己，自己与万物之间
你用心灵的比例丈量一切
你从不制造盲目的差异

俄罗斯大地，苦难拥挤昏暗的客厅
你打扫思想的垃圾，清理多余的灰尘
你不是恺撒，你是搬运工
你从缝隙里把光搬进去

涅瓦河从你的梦里流过

仿佛你的食指和拇指之间的笔

流淌出亲密无间的词之激流

宁静的早晨，天堂鸟降落到桌布的纸上

缪斯在你的身后神奇出现

你获得意外的嘉奖，在接近荣誉时

你搓着手，侧着身，微微低着头

露出了不易觉察得到的害羞

（原载《中西诗歌》2015 年第 3 期）

吉 狄 马 加 ji di ma jia 的 诗

耶路撒冷的鸽子

在黎明的时候，我听见

在耶路撒冷我居住的旅馆的窗户外

一只鸽子在咕咕地轻哼……

我听着这只鸽子的叫声

如同是另一种陌生的语言

然而它的声音，却显得忽近忽远

我甚至无法判断它的距离

那声音仿佛来自地底的深处

又好像是从高空的云端传来

这鸽子的叫声，苍凉而古老
或许它同死亡的时间一样久远
就在离它不远的地方，在通往
哭墙和阿克萨清真寺的石板上
不同信徒的血迹，从未被擦拭干净
如果这仅仅是为了信仰，我怀疑
上帝和真主是否真的爱过我们

我听着这只鸽子咕咕的叫声
一声比一声更高，哭吧！开始哭！
原谅我，人类！此刻我只有长久的沉默……

（原载《诗选刊》2015 年第 4 期）

吉日草 ji ri cao 的诗

你粉色的灵魂

一个多重，无从选择的，黄金的时代。
哦你！——粉色的灵魂！一张始终微笑的星盘

昼夜摇晃，辉映的海面：洁净，天真而

单纯：只永向着天空：打开——无限量地——

走成四面八方，清白而坦荡。日落，日出
霞光万道：公布你自己！——哪怕止于承受的权利！

（原载《中国新诗》2014—2015 诗歌排行榜卷）

贾 真 _{jia zhen} 的诗

平型关回望

北望平绥线，路
仿佛半截溃烂的盲肠
贴旗形膏药处
爬满暗黄色的蛆虫
疯狂者将疯狂当作强大
叫嚣三个月要吞噬中国
祖国在剧痛中战栗

平型关系长城脉络的一个穴位
八路军是点穴疗伤的神医
115 师一剂猛药，千余蛆虫
便葬身早已等待收尸的口袋

首战告捷，铁的事实告诉人们
正义才是最精良的装备
"皇军不可战胜"只是自编的神话
人民将是永远的赢家
诚如毛泽东所言：这是一次最好的动员
星星之火，必将燎原

（原载 2015 年 8 月初版《世界声音——纪念中国人民抗日战争暨世界反法西斯战争胜利 70 周年诗选》）

简明 jian ming 的诗

在华山上， 与徐霞客对饮

"再走一步，你将到达山顶
但是没有人能够越过自己头顶"
你的影子像刀子一样快
影子里居住着最后一个升仙的道长
我越想靠近你，你就越高
最高处永远是一个人的舞台
你坐在阳光身旁，神情不温不火
我承认：我追不上你的影子
正如华山上的植被，紧贴岩壁
却无法钻进华山的内心

华山以孤高名世，普天下
谁能与它齐名？云越低
越孤独，树却越高越独立
根扎一尺，树高一丈
一动不动的飞翔，才是真正的
飞翔！天地之间的行云流水
游人只观喧闹，喧嚣背后的故事
落在诗人笔下。诗人写春秋
也写风月，古往今来
只有一个名叫徐霞客的人
醉生梦死过一回

我渴望与这位独具风范的行者
在山顶上相遇，我们席地而坐
简明望着徐霞客
徐霞客望着简明
其实人生只有上山与下山
两件事，上山与下山
如同从二十岁走向六十岁
上山，你只管举目
下山，你必须把姿态和心
沉下来

山的身体里藏着另一座山
一双青花瓷碗在夜色中手谈
声音到达之前，我们前仰
或者后合，我们之间隔着一碗酒
和另一碗酒，隔着一个朝代
和另一个朝代
一碗酒 一个百年
一碗酒几个乱世好汉

酒是液体的华山，四十五度不低

六十五度不高：酒是山中山
华山是固体的酒，四十五度不高
六十五度不低：山是酒中酒
一碗不醉人，五碗不醉心
我们像一面旗帜为远景所包围
凡人行走在去天堂的路上
仙人在归途

（原载《中国诗人》2015 年 4 期）

剑 峰 jian feng 的诗

风　暴

风暴来临，此刻
城市停止扩张
我就像地图上
的一个小黑点
迷失在梦境般的棋局里

风暴时而删减
给大地以喘息
天空偶尔出现一抹彩虹
仿佛城市额头的一道伤口

一只灰色的狗被雷电击中
拖曳着彗星的尾巴
高楼的窗格相框鳞次栉比
嵌着每一张阴郁的脸
我在其中摇晃，举棋不定

（原载 2015 年 6 月版《见字如晤：当代诗人手稿》）

姜念光 jiang nian guang 的诗

亲 眼 目 睹

你肯定见过许多惊心动魄的事物
就像顽石起舞
就像歌唱者正在歌唱
雪亮的弯刀突然扑进凝听者怀中
某种原因让古老的死亡现身
噢灵魂！夏天的黑暗和秋天的黑暗
同样的秘密在生存中，埋下钉子
就像另外有一个人在体内来回走动

三十岁，你听自己的话语
那么，要平静如何平静

夜晚的虎豹落入水井

要沉默如何沉默

一直疾飞的鸟儿蒙头撞进铜钟

类似你书信中一再提到的降雪

世界也不会停止死亡和生育

那么你还会看到更多奇异的事情

正像这样的下午

东边雷雨，西边落日

我亲眼目睹一双大手挣开锁链

分开光明与阴影

从所有器物中随意拿出一件

指定我使用这架钢琴

最多再加上

一个合唱队，一些反复来临的梦

（原载《诗选刊》2015 年 8 月号）

姜庆乙 jiang qing yi 的诗

观　　象

黎明之前的星空

我再次解读——

试着把每一粒微小星子
拓印心中

在冬夜，这些贫苦人的心
所经历的
并非遥远到遥远的距离
而是漫长的不被看见的光点
打着哆嗦

无名的
面目模糊的大众
我们也叫他们
——银河

（原载 2015 年《扬子江诗刊》第二期）

蒋雪峰 jiang xue feng 的诗

赐

赐我大米　小米
赐我靠天吃饭的碗
赐我满目青山
赐我甘蔗和黄连

赐我过不去的坎

赐我月亮的新房
赐我大雪的灵堂
赐我修剪苹果树的好手艺
赐我遍插茱萸
赐我百孔千疮的心呀
赐我好酒量

赐我一双眼睛
看见自己有去无回
我的命是一团泥
掌握在你的手上
上帝啊　你随便捏

（原载《星星》诗刊 2014 年第十二期）

焦窈瑶 jiao yao yao 的诗

夏日的遗照

相框内起伏　肉欲蒸发的透明
冷淡的手臂挂满电线
拧干城市　流脓的绿影

玻璃唇咬紧松弛的天色　纷纷

坠入水缸

光洁得词壳绽裂　无数

烂熟的吻

太阳的温度萎缩成坚硬的仪式

调遣树顶

雕花的星辰　跌落马背

那在夏日遗照上弹拨月亮的

吞食姑娘眼珠的蝉

已被录进　秋天

一纸　漫长的通缉

（原载《新大陆》诗双月刊 2015 年 4 月）

金铃子 jin ling zi 的诗

访王之涣，　不遇

没有登鹳雀楼。

知道王之涣不在。知道他不再击剑悲歌

他与我一样混杂在人群里，看热闹

偶尔研读古人，在楼下打望秋天

捧住这叶子，就以为捧住草木、土石、水泉。

这世界早已让我心灰意冷

一有风吹草动，我却飞出来，仿佛一只笼子里
飞出的病鸟。
黄河远上啊，面对祖国的壮丽
我们不敢入睡，聚在一个酒杯里喝大酒。
季凌兄，你那一片冰心在这壶里
被我一饮而尽。
唉，我千里迢迢地去看你
（你并没有将我拒之门外）
原以为我和你，可以成就一点佳话
在大禹渡鳖肉鹿脯，时蔬香菜，意气相投
实在钱少，粗茶可以代酒。

你看你。寂寞到无处可去（竟然成了一尊雕塑）
大好河山已成烟云
人生终究是白费笔墨。你叫我怎么感到欢喜。
早知道会有这么一天
转眼间，酒席散去。
白身黑尾的鹡鸰，像私奔一样
消失得无影无踪。

（原载《诗刊》2015 年 5 月上半月号）

敬丹樱 jing dan ying 的诗

此 山

此山空旷。晴也一日，雨也一日
流泉与飞瀑皆有以身赴死之举，辨不清谁比谁壮烈
偶遇飞雪
或应远其美而悯其痛

山中有庙宇，僧侣常有而隐者无多
云朵无旁骛
反复洗濯以独善其身

清风去来，不过随性所至
明月闲闲地，淡淡地，照或者不照。身在此山，我
看不见我

（原载《中国新诗》2014—2015 诗歌排行榜卷）

九月入画 jiu yue ru hua 的诗

给你取名： 火

火焰。星火。
这边熄灭，那边燃烧。
梦到烽火连天。苏醒。

雨下了一夜，亡灵们抓住稻草
如火容颜。烟蒂成灰。
你我在秋风中逃窜

（原载《芒种》2015 年第 5 期）

卷 土 juan tu 的诗

攥　　着

种子是幸运的
最初她被花朵攥着
后来被土地攥着
星星却在诗人的指尖滑落
一座山和她上面的骆驼
同时起伏
一群鱼和一湖清澈的湖水
一起游荡
我被一座桥下面的空间斜视了一眼

（原载《雨花》2015 年第四期）

蓝 野 lan ye 的诗

压 水 井

筹划了好久
父亲终于打下了村子里的第一口压水井

一米深的沙土层
再有两米半的黄黏土
又有一米半的沙页岩
几位堂兄，仅用一天就在大地上掏了一个窟窿。
泉水喷涌而出
随着简单的杠杆原理
哗哗地来到老楸树下的院子里

后来，周围的人家
都打了井，地下水退缩到深深的地下。
父亲选了一个大旱的春天
再次把井深深地打了下去
花岗岩的缝隙间，那清亮的泉水被压水井抽上来了

现在，大地深处
有一眼泉水

还响着父亲那坚硬、执拗的探询的回声

（原载《青岛文学》2015 年第 10 期）

老巢 lao chao 的诗

回想那些没有到来的时光

转身，我看见你，一天一个样子
你，从来第一眼就遗忘了迎面的人

是无巧不成书。那些没有门槛的门
虚掩。每一片树叶都是最后一天

画蛇添足的夜，一盏灯扑灭另一盏
之际，耳朵像蝴蝶一样飞在身后

我背对的风水，适合住，和埋葬
到时候，你哭我，哭过一遍又一遍

（原载《诗歌月刊》2015 年第 1－2 期合刊）

雷平阳 lei ping yang 的诗

暮　色

暮色，就是红花上泛出了一点灰
绿树上泛出了一点灰
白色的山茅草和佛塔的金顶上
也泛出了一点灰。天就要黑了
泰北的高速公路上多出了一层灰
路边的僧人，身高比中午矮了一截
袈裟上也多了一层灰
他们刚从尘世间回来，身躯里
多了一个诗人的灵魂，灰上加灰
我想到路边的丛林去走走
带着孤儿的孤独，变成写诗的鬼
我想到寺庙里去借宿一夜
让众神听一听鬼魂自由的歌吟
但我的心脏，在那一刻
碎化成灰。我坐在一片华人的
墓地中央，他们的坟头已经荒芜
但统一朝着云南，墓碑上的汉字
晚风拂过，飘起一缕缕灰
与我做伴的是几只泰国的乌鸦

它们在月亮升起时飞走
飞走的是黑色，留下来的
是让月光变成灰的不死的灰中灰
我也有离开的时候，能看见我
一身泛灰的人，他们却闭着眼睛

（原载《中国新诗》2014—2015 诗歌排行榜卷）

雷 霆 lei ting 的诗

春天的瓷片

碎在四方，想那些未了的心事。
相隔多年，连叹息也是典雅的。
你们有没有注意到，春水荡漾，
就在那山谷之间野花簇拥着开放。

灰烬还不是最后。春天的瓷片，
荒野之上残存一点羞涩，比瓦砾
更容易想起炉火。它渴望灼热，
渴望披彩挂釉去眺望世外风尘。

美好的事物因破碎告老还乡。
那是谁，一个人在田垄上念念有词。

携带深山里的一把好土走南闯北，
即使慢慢老去，也不放弃远方。

春天的瓷片把孤独化整为零，
在人间四处打探祖上的好消息。
想回到深深的庭院握紧前世，
光鲜如初，能割得动生活吗？

走在春天的瓷片遇见料峭的春寒。
有人一直在说，往瓷片的深处瞧瞧！
你会发现更多安静的色彩深陷其中，
就连无序的纹理，时间也会安排妥当。

（原载《诗刊》2015 年 6 月号下半月刊）

李成恩 li cheng en 的诗

我　写　诗

奥斯维辛之后写诗是野蛮的
——泰奥多·阿多诺，德国哲学家
他后来承认他的说法是错误的

如果诗歌能阻挡一辆坦克

如果诗歌能靠近焚化炉
如果诗歌能抓住死人坑里犹太人的手
我就写诗

我在早晨写诗，喝白色的牛奶
保罗·策兰喝黑色的牛奶
写死亡赋格。他的诗里有
忧伤的爱，黑色牛奶的爱

一个暴力的词徘徊在我嘴边
滚回去！我要喝白色的牛奶
我要吐出昨夜的淤泥，历史
像一条大河，在世界某处流
不要让敲门声引来一条大河

大河淹没的嘴唇夜里喊救命
牛奶里的忧伤洗净白色牙齿

如果诗歌能尖叫，我就写诗
如果诗歌能咬破嘴唇，我就写诗

（原载 2015 年 8 月初版《世界声音——纪念中国人民抗日战争暨世界反法西斯
战争胜利 70 周年诗选》）

李 峰 li feng 的诗

致 五 十 岁

知天命的年龄
我的鬓边开始下雪

重新喜欢翻小人书
开始想起拉风箱的儿歌，想念
跟着父亲锄草，跟着一只小羊羔
咩咩咩地跑，跑着跑着就都不见了

但老旧的缝纫机、半导体还在
牛皮纸信封里的录取通知书
十八岁时的第一笔稿费复印件
女儿的第一声啼哭和一个小工人
开始迷恋文学想做大诗人的梦还在

远的近了，近的又远了
我对自己说，父亲走了
我既是儿子也是父亲
扎好篱笆种上花草
下雨下雪，任它黄叶飘飘……

（原载《中国作家》2014 年第十一期）

李浩 li hao 的诗

田 园 诗

河流宽阔，水波呼应着
风中的毛草。生命的故乡，
被水中的白云照耀。

孩子们在烈日下的
急湍中洗澡。绝壁间，
一点彩色的焰火

如同石柱钉在水面，忘情燃烧。
我为此思考，我把那团火
看作爱情与巢中的花蛇。

（原载《诗刊》2015 年 4 月号下半月刊）

李 晖 li hui 的诗

溪 边 小 坐

细木竹板上，盘膝而坐
微风挂满半月的弦
摊开细碎的生活
让一些动词和形容词潜伏下来
夜风中有灵魂深处的无奈
你额头宽广，目光水波一样清澈
荡漾着朴素和真实
内心那座岛屿，绣满寂寞的绿
展开忧郁的极限
那时我坐在对面，体内注满了你的声音
从半月弦扯起满月帆

今夜，我从月光中走来
一个人盘膝而坐，在细木竹板上
摊开你细碎的影子
许许多多动词和形容词就浸透了我的生活
静是夜色怀揣的不安
我在月下打磨时光
细听去夏那夜的蝉鸣

（原载《芒种》2015 年第 6 期）

李见心 li jian xin 的诗

有一些……

有一些词被嘴说多了
已变得庸常
有一些爱被手抚久了
已变得麻木
有一些风景被眼睛揩过了
已失去纯净
有一些人被心淡忘了
已沦为灰尘

有一些人让时间走远了
自己却走回来
有一些风景让风携走了
却并未随风而逝
有一些爱被记忆记住了
已成为记忆本身
有一些词被心镂刻了
已成为心的一部分

有一些石头是废墟

有一些废墟是石头

（原载 2015 年 8 月初版《世界声音——纪念中国人民抗日战争暨世界反法西斯战争胜利 70 周年诗选》）

李琦 li qi 的诗

诗　人

大雪如银，月光如银
想起一个词，白银时代
多么精准，纯粹。那些诗人
为数并不众多，却撑起了一个时代
举止文雅，手无寸铁
却让权势者显出了慌乱

身边经常有关于大师的
高谈阔论。有人长于此道
熟稔的话题，时而使用昵称
我常会在这时不安，偶尔感到滑稽
而此刻，想起"大师"这两个字
竟奇异地从窗上的霜花上
一一地，认出了你们

安静的夜，特别适合
默读安静的诗句。那些能量
蓄积在巨大的安静中
如同大地，默不作声
却把雪花变成雪野

逝者复活，这就是诗歌的魅力
一群深怀忧伤，为人类掌灯的人
他们是普通人，有各种弱点
却随身携带精神的殿堂
彼此欣赏、心神默契
也有婚姻之外的相互钟情

而当事关要义，他们就会
以肉身成就雕像，具足白银的属性
竖起衣领，向寒冷、苦役或者死亡走去
别无选择，他们是诗人，是良心和尊严
可以有瑕疵，可以偏执，甚至放浪形骸
也有胆怯，也经常不寒而栗
却天性贵重，无法谄媚或者卑微

（原载 2015 年《人民文学》第 6 期）

李少君 li shao jun 的诗

著名的寂寞

抑郁，必得有酒来排遣
严寒，需要用雨水来释放
所以，这个初春，我不是在饮酒
就是在窗前听春水暴涨

寒窗下，最好还有红袖相偎
没有人能真正耐得住寂寞
寂寞要广为人知，才成为
众所皆知的著名的寂寞

（原载《扬子江诗刊》2015 年第 3 期）

李 岩 li yan 的诗

春天， 春天

1

黎明。花瓣上滚动着露珠
那是昨夜，月与云雀
一应一答的小夜曲……

2

雨，落着漫天牛毛
愈加激动的，是大地
太阳与月亮的约会
被风偷听到
那深情而悠长的秘密……

3

林涛澎湃。树魂醒着
逡巡着云般轻盈的足印

辨别着千万次吹拂中

每一个细小的声音……

（原载《草原》2015 年第 1 期）

李元胜 li yuan sheng 的诗

我想和你虚度时光

我想和你虚度时光，比如低头看鱼

比如把茶杯留在桌子上，离开

浪费它们好看的阴影

我还想连落日一起浪费，比如散步

一直消磨到星光满天

我还要浪费风起的时候

坐在走廊发呆，直到你眼中乌云

全部被吹到窗外

我已经虚度了世界，它经过我

疲倦，又像从未被爱过

但是明天我还要这样，虚度

满目的花草，生活应该像它们一样美好

一样无意义，像被虚度的电影

那些绝望的爱和赴死

为我们带来短暂的沉默

我想和你互相浪费
一起虚度短的沉默，长的无意义
一起消磨精致而苍老的宇宙
比如靠在栏杆上，低头看水的镜子
直到所有被虚度的事物
在我们身后，长出薄薄的翅膀

（原载《中国新诗》2014—2015 诗歌排行榜卷）

李志勇 li zhi yong 的诗

命　运

多年之前在磨坊中，似乎是我，在负责要让两片磨盘
转动，而不是那清澈的流水。我在负责，要到最后
将它们磨成两个镜片一样小小的薄片

多年以后在某个小镇我依然在继续，已经到了中年
石磨，有着更为深远的原因要继续存在
最后磨盘要被磨损成一堆粉末，之后消失

所以，斯宾诺沙要以打磨镜片为生，杜甫的
一个孩子要被饿死。我走向水边，河水
则要永不停止地流淌，拍打两岸，永不停止

（原载《中国新诗》2014—2015 诗歌排行榜卷）

梁积林 liang ji lin 的诗

巴 音 村

这是两头牦牛的村庄
这是十头牦牛的村庄
这是一百头牦牛踏过落日——
烛照摩崖的村庄

你不叫娜埃莎，你不叫哈日嘎纳，你不叫卓尕
你怀抱孤独
一首诗的孤独，是世界的孤独
你怀抱河流
一把琵琶
波光粼粼，如夜间的大火
夜里的骨骼
夜里的梦
夜里的疼，和
翻身

五月的巴音村，五月的草原
一朵垂縢的风铃花蓝色的穹庐
我是你的遥远

我是你的近
我是你的毡包
我是你的马匹
我是你的白昼，我是你的神
我是你的夜夕，我是
你的酥油灯

（原载《焉支山》2015 年 2 期）

梁晓明 liang xiao ming 的诗

石碑上的姓名

石碑上刻着字，你在哪里？

你的手是肉
你的泪是水
你向风赞颂的歌
风早已将它吹入泥土
你站在碑前看
你靠着碑文想
你的一生是鞋子的一生
是世界安排的路，是世界制成的鞋
在世界的梦想中你走到了尽头

你依恋，你回首
已经没有边缘，可到处都是生长
石匠在刻你的碑
石匠在刻你的字
你的姓名在石头上看你
你的战胜在碑文里送你
你缓缓起飞，你到底在哪里？
那人们最为畏怯的生命
你却在心中默默地赞美
你观察你的手
你分析你的泪
你将唱过的歌曲一唱再唱
你难以离开，你难以忍受
但永恒的是清风，永恒的
是四季

在世界的尽头鸟从来不飞
在世界的尽头我没有消息

（原载《诗选刊》2015 年 3 月号）

林雪 lin xue 的诗

途经渤海小镇

"不管去哪里
你都得路过渤海小镇"
这一句又老又自大的话
哪条路
才是最好？
公路结结巴巴
美景也不尽人意
苍穹蓝色的事业线下
老式轻轨铁路
醉倒在稻田里

秋天举着她的证书来寻点赞
群山的表情最上镜
大巴车停在栏杆前
"小心火车"。那块手写的
木板插科打诨斜插在
小镇的衣襟上

雪都将被认做盐

我的空虚是小镇形状的
刚好容得下
一个诗意或荒谬

你来时，大地只是一页稿子
你走后，稿纸上写满了字
在渤海小镇古老的街道上
公路上晒干的海水
刚好是诗意与荒谬的
一次合谋

（原载《四川文学》2015 年 3 期）

琳子 lin zi 的诗

皱 纹 女 人

我住在皱纹里
你看不到我

我的皱纹从头发开始
然后是眼神里和
嘴角的线段
我微笑，我的皱纹遍布

我的全身

我咳嗽，肚子里那些横的竖的皱纹会飞奔而出
它们一出来就成为今日
天空的云朵了
我必须跑过今天的云朵
和今天的河流

我住在皱纹里我现在已经皱纹垂肩
你来看我好吗
你来了就陪我一起搬运皱纹
我们从床铺搬运到阳台
从屋檐搬运到屋顶

（原载《诗歌风赏》2015 年第 3 卷）

刘畅 liu chang 的诗

塔尔寺　密宗院

细雨如毛为秋天编织凉意
游客减少　转经的人不来了
坐在塔尔寺幽暗的长廊
你的手抓紧我　不说一句话

坐了一个下午　大殿里谁在微笑
雨停时我们走回世界
仿佛获得神力

（原载《诗歌月刊·先锋时刻》2015 年第 7 期）

刘福君 liu fu jun 的诗

带血的鞋掌

我爷爷被日本鬼子杀害了
尸首喂了野狼
我父亲找了三天三夜
找回一只带血的鞋掌

他常常对着鞋掌发呆
把牙咬碎了
咽到肚子里

前些年听说我的叔伯大哥
去日本东京读博士去了
父亲在炕上来回折饼子
睡着了还睁着眼睛

2007 年 8 月
我在青海湖国际诗歌节上
碰到两位日本年轻诗人
我说："你们日本人
还欠着我们家一条人命呢!"
"对不起,对不起!"
他们赶紧冲我点头哈腰

从青海回来
我对父亲说起事情经过
他老半天不说一句话
只见他已经 80 岁的鼻子一酸
而佝偻的腰猛然直了起来

（原载 2015 年 8 月初版《世界声音——纪念中国人民抗日战争暨世界反法西斯战争胜利 70 周年诗选》）

刘立云 liu li yun 的诗

火 焰 之 门

必须俯首倾听! 必须登高望远
必须在反复的假想和模拟中
保持前倾的姿势；必须锋芒内敛

并把手深深插进我祖国的泥土

每天到来的日子是相同的日子
没有任何征兆，呈现出平庸的面孔
而每天磨亮的刀子却荡开亲切的笑容
必须把目光抬升到鹰的高度

然后请燃烧，请蔓延吧，火焰！
请大风从四方吹来，打响尖厉的嗖哨
而我就埋伏在你脚下，一种伟大的力
如一张伟大的弓，正被渐渐拉开

那是即使依恃着钢铁，即使依恃着
我身后优美的山川、河流和草原
我也将在火焰中现身，展开我的躯体
就像在大风中展开我们的旗帜

（原载《诗选刊》2015 年 5 月号）

刘年 liu nian 的诗

当 我 老 了

不想一次次参加朋友的葬礼

不想被肉体囚禁在床上，而门外，海棠不停地落
不想看到你的乳房，像母亲一样，垂过肚脐
当我老了，请让我像父亲一样，把所有的痛，两小时痛完
让儿媳来不及厌烦
让在云南打工的儿子，来不及赶回

（原载《人民文学》2015 年第 4 期）

刘 强 liu qiang 的诗

醒　　来

我要你在早餐中醒来
午餐中醒来
我要你在晚餐中
在一杯杯闲淡的茶水的流逝中
死去那样醒来

如果你是麻雀
你就对了
如果你是玫瑰
你就对了

（原载《中国新诗》2014—2015 诗歌排行榜卷）

刘厦 liu sha _{的诗}

独自在黑暗里发着光

风凉了
我旧了
那些石头都风化了
那片雪花也化成了水

曾经的诺言早已氧化成了
今日发黄的信纸
在权威的生活里
被忘记了扔掉

时光的光
落下来
我们变化着形状和位置

多年过去了
那点悲伤我越藏越深
原来它平常的只是一粒沙子
在命运的蚌中越来越亮
越来越亮

它独自在黑暗里发着光

（原载《诗歌风赏》2015 年第 3 卷）

刘双红 liu shuang hong 的诗

我要用喜鹊的声音

——致杨靖宇

该怎样怀念你该怎样用一只喜鹊的声音怀念你
该怎样让我匍匐在地用我最原始的敬爱怀念你
那些皮带杂草和棉絮在你的胃里
早已长成大道参天树林温暖的世界

我要用喜鹊的声音告诉祖国的每一寸土地水滴
树叶虫子和月光告诉它们我想起你时的骄傲
告诉它们你是我高山仰止的先人
告诉它们我们是快乐的
因为你和千万战友们的舍身报国
因为你们让盗窃者胆怯恐惧望而却步
因为有了民族脊梁的呵护
我们就有了喜鹊一样的声音

我们是祖国年轻的喜鹊

我们歌颂你纵使之前已有千万次

对你的歌颂我还要千万零一次的歌颂你

不仅歌颂还要敬仰不仅敬仰

还要踏着你的脚印不仅踏着你的脚印

还要学着你对自己的民族赤胆忠心

哪怕胃里只剩下皮带杂草和棉絮

也要把整个的生命交给祖国

（原载2015年8月初版《世界声音——纪念中国人民抗日战争暨世界反法西斯战争胜利70周年诗选》）

刘向东 liu xiang dong 的诗

纪 念 碑

说得很对。纪念碑

一株开不败白花的植物

有时像一只翘起的拇指

其实是一支手杖

就在那个夜晚

我摸到在炮火中横飞的青枝

支撑起前进的愿望

当我面对朝阳

在一种力量形成的瞬间

随手将手杖插入石头

依然是一支手杖

(原载 2015 年 8 月初版《世界声音——纪念中国人民抗日战争暨世界反法西斯战争胜利 70 周年诗选》)

流泉 liu quan 的诗

南　风

风往南吹

至少有两种声音

一种给春天

一种给旅途中怀抱诗歌的人

当学会在美好中

织锦，当暖色调为三月街头的樱花

铺垫，我们就在小东西里

触摸到尘世之大

时光的脸，纹路清晰

每一道，都见证雕刻刀上

不曾凋零之呼吸

那是风过处心的沉淀
天籁中反复咏叹的柳暗与花明
南方的天空
倒映大海之辽阔，这一刻，所有的悲欢
都是小的，颂辞，只献给
大爱的人

（原载《诗选刊》2015 年 10 月号）

龙 郁 long yu 的诗

一个人的街道

——献给先驱者

暴雨。突如其来
熙熙攘攘的街面一下就开阔了
刚才还闲庭信步的路人
顷刻间作鸟兽散

与暴雨一同出现的
是一个把双手插在裤兜的人
只因为无视雨的存在
而成了众目的焦点

要是没有这场暴雨
谁会留意他呢
这时，整条街就属于他一个人
风和雨前呼后拥
仿佛是在接受一场洗礼

啊！这个神秘的人
他莫非是在替我们淋雨
也许，他只是想
借这场雨浇灭心中的火气
反正，他是那么突出
甚至让人怀疑
是他领来了这一场暴雨

雨，还在继续下着
他目中无人，也
目中无雨地向烟雨深处走去

（原载《星星》诗刊 2014 年 12 月号）

陆 苏 lu su 的诗

低　　语

向着你

以音阶
缓缓铺排
被风吹斜的藤蔓

以格律
认真填写
花苞就座的桌签

然后安静下来
然后拧小傍晚
然后放低尘埃

等着草木的香杖
推开重重花门

等着花朵的烛台
端上翠绿席面

等着你

（原载《绿风》2015 年第一期）

吕 达 lü da 的诗

受　难

存在是一种苦难，胜过虚无的苦难。

生命是一种苦难，胜过衰亡的苦难。

阴云是一种苦难，胜过黑暗的苦难。

高处是一种苦难，胜过井底的苦难。

孤独是一种苦难，胜过喧嚣的苦难。

音乐是一种苦难，胜过没有音乐的苦难。

写诗是一种苦难，胜过不写诗的苦难。

爱是一种苦难，胜过不爱的苦难。

我爱你是一种苦难，胜过我爱所有神灵的苦难。

（原载《中国新诗》2014—2015 诗歌排行榜卷）

吕世豪 lü shi hao 的诗

随 想 三 吟

一

山是越来越远了
但美　却是越来越
近了

二

天高了　云才会淡
打闪了　雷才会喊
秋凉了　蓝才会远

三

生下来　活下去
是生活的全部
残月一样叫人不安

（原载 2015 年《杏花雨》第 1 期）

马启代 ma qi dai 的诗

捉 自 己

这些年，我被逼出了两项本领
一个是隐身术，一个是分身术
整天跟在各色人等的后面
看他们如何口蜜腹剑，并且
在四顾无人的地方揭下画皮
有时候一个我与另一个我闹得死去活来
绝望的时候，我常常练习捉自己
让假我审判真我，偷尝牢狱之苦
冠冕堂皇的那些人，把我逗得乐翻天
我每天都悄悄地举行葬礼
窃取那些大会开幕式上的音符做哀乐
在我看来，他们庄重的样子颇像孝子

（原载《时代文学》2015 年 4 月上）

马 新 朝 ma xin chao 的诗

光

1

不要喊它，
也不要赞美。声音
会产下阴影

2

黑暗并没有离去，它还在
它穿着光的衣裳

3

光，是一个身体
它在生长
光的生长，会带动村子中
篱芭，牲畜，房屋，烟囱的生长
会带动原野，麦苗，芦苇，蒲公英的生长

它们形成合力，使声音和想法向上
形成翻动的漩流

4

光从绿叶上跳下
嘤嘤地叫着，坐在两位老人之间
扶着他们——
反复地平衡着他们的对话

5

光，长成了一个新娘
正走在路上。我已经听到了
铜质的唢呐声

（原载《山东文学》2015 年 8 期）

毛子 mao zi 的诗

余 昭 太

父亲带着这个名字
过完了他在人世的一生

他也把它带到户籍、档案和各种证件里
他们曾是一个整体，现在分离了
现在，"余昭太"还是"余昭太"，而父亲
却用骨灰取消了自己。我凝视
他褪色的签名，有些泛黄
远不像他的骨灰那样的新，那样的碜白
从字迹里我能回到他的当年
但面对骨灰，我看不到
任何他活过的痕迹

（原载《鸭绿江》2015 年第 3 期）

慕白 mu bai 的诗

我觉得， 有一座房子是我的

风吹过我的村庄
一片树叶飘落水面
我觉得，有一座房子是我的
我将在它门口坐得很晚

风从南面吹起
风从北面吹起
风从西面吹起

风从东面吹起

风吹得很快

我觉得，有一座房子是我的

我将在它门口坐得很晚

很晚的时候，风从我的房子吹过

玫瑰色的黎明

风没有留下一丝尘香

我觉得，有一座房子是我的

我将在它门口坐得很晚

（原载《中国新诗》2014—2015 诗歌排行榜卷）

娜仁琪琪格 na ren qi qi ge 的诗

初　雪

——怀念母亲

雪追赶着雪，覆盖一冬的枯涩、寂寥

被忙碌挤兑得干涩的大地，一颗心的焦灼

需一湖水。渴急，口口都在盼，静默转动年轮

俯身、举首，我不说出的信仰

一直都在坚守

你来，亲吻我、抚摸我、凝视我
以洁白的棉羽、轻柔、覆盖我——
一切嘈杂、吵闹、喧哗，都停止了下来
浮尘中的那些事，遁迹无踪

这样的夜晚，养冰洁、养玉骨、养风轻云淡的
一颗心。养海上升起的一枚月亮
养一颗高贵的头颅
养我经年向上翘起的嘴角——
酥酥的战栗，携带着闪电，万物都在发芽

雪飘飘、水融融——
天地屏住了呼吸
妈妈，在这样的夜晚，你来
我们合二为一。古运河阔大的水蓝
袅娜升起沁凉的水烟，叫——暖
跃上枝头的，不是群鸟儿，是玉兰

（原载《扬子江》诗刊 2015 年第 5 期）

娜夜na ye 的诗

合 影

不是你！是你身体里消失的少年在搂着我
是他白衬衫下那颗骄傲而纯洁的心
写在日记里的爱情
掉在图书馆阶梯上的书

在搂着我！是波罗的海弥漫的蔚蓝和波涛
被雨淋湿的落日　　无顶教堂
隐秘的钟声

和祈祷……是我日渐衰竭的想象力所能企及的
那些美好事物的神圣之光

当我叹息　　甚至是你身体里拒绝来到这个世界的婴儿
他的哭声
——对生和死的双重蔑视
在搂着我

——这里　　叫做人世间的地方
孤独的人类

相互买卖
彼此忏悔

肉体的亲密并未使他们的精神相爱
这就是你写诗的理由？

一切艺术的源头……仿佛时间恢复了它的记忆
我看见我闭上的眼睛里
有一滴大海
在流淌

它的波澜在搂着我！不是你　我拒绝的是这个时代
不是你和我

"无论我们谁先离开这个世界
对方都要写一首悼亡诗……"

听我说：我来到这个世界就是为了向自己道歉的！

（原载《诗刊》2014 年第 4 期 上半月）

南南千雪 nan nan qian xue ^{的诗}

默　片

我是不是真的做错了什么
关闭所有的光
关闭所有的通道
把我自己当默片放映一遍
黑色的毛衣外套
墨绿色高领紧身毛衫
"古今"内衣

所剩无几了
我依然感受到厚厚的裹缚感
双手抱紧自己时
我感受到了一些东西的存在
它们每一个都有棱角，枝桠
原来它们是一些词语的镣铐
它们锁紧我渐失水分的肉身
同时也锁紧它们自身成为诗句的高贵
它们在我的身上痛苦
而我不痛苦
反之，它们在我身上爱

而我不爱
默片的最后
使我骤然疼痛的是那段
我们贴近彼此而又相互猜疑的时光

（原载《诗歌风赏》2015 年第 3 卷）

南子 nan zi 的诗

少女爱米莉·狄金森的病情报告

一

"我为什么爱你　先生？"
用一颗越来越沉的心
对于你　它是不是大得过分？
因为很少有人用力量
爱得深

对我来说　爱是那种比死晚
比生　提前了很多的东西
我习惯了孤零的命运
害怕陌生人的脸　你的脸

还有起斑的人性

我独自写给你的诗
却被世人收到
而他们看懂的只是
很小的一部分
——我的诗歌还要被群山，森林　无限的星宿
早晨的琥珀大道　尖塔　陡峭的河岸
六月的蜜蜂　以及死去的人看懂

——那些尘世汪洋里的孤寂结晶

二

"我为什么闭门不出？"
像一座静止的，单独的教堂
吟诵着春，夏，秋，冬——昼夜之路
一个永久的屋顶
由斜折的苍穹造就

——我一直在写信
这是我留给世界的一份爱的遗产
但世人从未写信给我
只有桌子，椅子加入了聆听的行列
我可以在一首诗中自尽
——你相信吗？

不　爱人的人不会死
因为爱把生命改造成了神性
让我也拥有了好几个瞬间——
"一朵红花草　蜜蜂零星
南方打开了一把紫扇

蝴蝶在农场里跳着华尔兹
而窗外山岗的枯草
正以荒凉的墓碑摸索着摇篮——"

三

"我为什么要穿着白色的衣服？"
像病床上的孤儿
黑夜中的银两　雪的手镯
人们害怕我汩汩的经血
凝固成一种病

但是我说
做一名白衣女子
是一件神圣的事情
因为上帝认为我有着合适她的
无瑕的神秘

（原载《诗歌月刊》2015 年第 8 期）

泥马度 ni ma du 的诗

石榴的石头城

霞光千条离地三尺六尺九尺凝结
留住了流星雨的坠落

像五月朱雀伸出彤红的小嘴
像一枚枚彩球击潮水上的倒影

凭空生出包裹的铠甲来
哪个水果还能这样坚硬
把空气抽打出石头
怀孕无数子民——朝阳或黄昏的儿女
抱成一团
在胎盘中建筑着石头城

这是亘古至今的不夜城
高挑的灯笼火把颤动着婵娟的红晕
分不清哪里是元宵哪里是中秋
林荫道上的栖鸟到哪里去等散步的虫子

这是百分之百绿化率的国度

无数子民挣开集体无意识诞生自己的红心
展开心灵之城的结构

定时守节　每一个石榴灯盏都会会心微笑
烟花般狂欢　离城出走
像一颗颗子弹　即使是蜜仍然保留着石质

一座城炸空而走，无影无踪
石器的城比残阳更脆弱，露出满城的红宝石红水晶
珠玉的心迸碎　殒散一空
悬挂城的皮　燃烧不息
像空荡荡的江水流成瀑布不记得一抹红

岁月倒流，怒放像花一样
时光走失一空

（原载中国言实出版社《金马车》诗刊，2005 年第一期）

聂权 nie quan 的诗

下　午　茶

在我们开始喝茶时
一个黑人小男孩，在地球那边，被母亲牵着

送给小饭馆老板
太饿了，她养活不了他
她要活下去
在我们谈起尼日尔、满都古里时
黑人小男孩，被饭馆老板
拴了起来，和几个小男孩
串在一起，像一串蚂蚱。母亲
从身材矮小的老板手里拿过的一沓钱，相当于人民币
一千元

在我们说到鳄鱼肉是否粗粝腥膻时
饭馆老板挨个摸捏了一下，凭肉感
选出了刚送来的
这个孩子，把系他的绳子解开

当我们谈及细节，非洲待了三年的张二棍
微微叹息，饭馆只是简陋草棚，有一道菜
是人肉

起身、送客
阳光斜了下来
小男孩，已经被做成了
热气腾腾的
几盘菜，被端放在了桌子上

（原载《三峡文学》2015 年 6 期）

牛放 niu fang 的诗

远方的锅庄

远方很远
远方的尽头是锅庄
锅庄是从雪山的火焰里长出来的
跟青稞酒一起长出来

锅庄在火焰周围
山歌的脚步围着火焰
锅庄是远方的尽头

锅庄不是跳给雪山
也不是跳给黑暗里的火焰
也不是跳给苦难和忧伤

锅庄是村庄的路
是雪域高原的心情

远方很远
远方的尽头是锅庄

（原载《诗刊》2015 年 4 月号上半月刊）

秦安江 qin an jiang 的诗

二　胡

二胡的声音比早晨起得早
比寒风凛冽
像刀子一样快，向人们心头割去
一把刀子割去
一群刀子割去

二胡的台阶比山陡
比怪石险
像鹰一样盘旋着
又猛地扎进云里

二胡的风沙刮进我眼里
我的眼睛一直在流泪

（原载《伊犁河》2015 年 1 期）

青小衣 qing xiao yi 的诗

我想用最世俗的方式来爱你

爱你越来越拖沓的脚步声，和酒醉后
涨红的脸；爱你生锈的名字
眼睛里的灰；爱你激情过后的废墟
爱你内心那些搬不走的石头，和走着走着
就断了的念头

因为爱，我要在春天的院子里
种上各种果子树，和一些茂生的花草
寒夜里，生起暖暖的小火炉子
一点一点围过来，热你，软你，化开你

尘埃落尽。我要藏起金子和雪
学会化妖精妆，施美人计，耍风流的身段
光艳艳、水灵灵的
让妖媚从骨头里跑出来，抱紧你

用最世俗的方式，我们拼命爱着
食人间烟火。然后很安静，像屋后的
风，花的影子。那时

在世俗的春天里，我们幸福的泪水
该往哪里流

（原载《诗选刊》2015 年 3 月号）

晴 朗 李 寒 qing lang li han 的 诗

雾霾沉积在了岁末

——给妻女

雾霾沉积在了岁末，暮年的时光提前来临，
生活波澜不惊。多年的源流汇集，
我们都有了一颗深潭般的心。

坐在一堆静物之中，分辨不出你我。
石头，陶瓷，书，植物，
只有点燃的一枝檀香，袅袅的烟缕，
苍白烟灰，让人突然感觉一点点烧灼的痛。

书从书架上溢出来，蔓延到了地板，阳台，
桌子和椅子上，它们窃窃私语，
让人有时昼夜不安，这些堆积的文字，
会不会涨破如此安静的时光？

住校的女儿两周回来一次，只有她
可以让房间中的空气流动起来，
一米六的少女，仿佛在深水里待得太久，
突然跃出水面，换一口气，匆匆打一声招呼，
重又潜回到教科书的大海里。

更多的时候，是我们二人形影相随——
像两条步入中年的野兽，远离了喧闹的族群，
在自己的一小片丛林中，
悠游，猎食，睡眠，欢爱，
相互舔舐着
岁月在对方身心留下的伤口。

（原载《青年文学》2015 年第 1 期）

冉冉ran ran的诗

大 雾 弥 漫

大雾弥漫
梦游的火　失声的火
褪尽了血光

悬崖上的海市蜃楼

九死一生的弯道　石梯　码头
破碎而又哑寂

妇女们拾级而上
我想搂住任意一个
伏在她的肩头　痛哭

我想跟她们坐下来
在烧焦的黄桷树下　谈谈哀伤
和毁灭

我想以她们的酒来养我的泪
以她们的哀伤来抵挡我的毁灭

她们中最年长的一个
张开怀抱
用她的穷途堵住了我的末路

（原载《诗刊》2015 年 9 月号上半月刊）

人邻 ren lin 的诗

墓　志　铭
——致黄昏来看我的人

那么多人，已经离去，
我不过是其中一个。
请你们经过我的时候，
小声地读一下我的名字吧。

真的，我写下了那么多，
也许都不如这个寻常的黄昏。
也许，我一降生，就是为了等待
这一片青草地里永恒的寂静。

（原载《中国新诗》2014—2015 诗歌排行榜卷）

仁 谦 才 华 ren qian cai hua 的诗

经 过 村 庄

豁开的石圈里
三头牦牛在反刍夕阳
我经过时，它们抬头看了看
又在草垛上撕了把黄草——
没有亲近，也没有疏远

院墙，是粪块垒砌的
是露水，雾雨，花草兴衰的时光和
阳光的籽粒垒砌的

在牧场
那月亮的清冷
一只蝴蝶高过花枝的孤独……
今夜，会不会被海拔里张望的冬虫夏草
——收起

河，还没有开
它的声响，仿佛柳枝在摇曳
仿佛朦胧月光里起舞的仙女

庄子，是空的
庄子里的牧民
或许早已逐草远牧去了
或许正在城市的塔吊下和着水泥
……

几声咳嗽，从庄子深处传出
那声音
很响，很响

（原载《飞天》2015 年九月号）

任少云 ren shao yun 的诗

我要告诉你

现在，我需要
告诉你一阵风的无奈

落到墓地时的荒凉
坠入心上人体内的沉默

现在，我要告诉你
死亡也可以是安详的午夜

心跳高过风追云赶的速度
把影子留在了无话的彼岸

现在我，终于
可以无拘无束地告诉你

你是唯一这样毫无目的人
陪我走得那样遥远的理由

（原载《秦风》2015 年第二期）

荣荣 rong rong 的诗

爱 人 谣

我的爱人在东张西望　　他的心分成三瓣
每一瓣都是一颗没有落定的尘埃
我无法阻止我的爱人东张西望

我跟着我的鞋去见我的爱人
我跟着我的路去见我的爱人
我跟着我的忧伤去见我的爱人

我笑不出来的时候　见到了爱人

我哭不出来的时候　见到了爱人

我醉得摇晃的时候　见到了爱人

他在别处淌着圆润的泪水

我也在别处淌着圆润的泪水

一条河床能暗藏起多少潜流

我的爱人一直在东张西望

没人知道我身体里插满了刀剑

没人知道我只是等待的青草由青转黄

（原载《诗选刊》2015 年 5 月号）

商 略 shang lüe 的诗

没有一种安静是新的

趴在窗台上

看无人的室外游泳池

一年的大部分时间

水面沉浮着落叶和白云

瓷砖缝隙晃动杂草

这么多年过去了

没有一种安静是新的
——安静是过去
是陈旧的另一个名字

现在才体会，没有一种
疼痛，可以突然发生
结果背后通常还有
另一种你可以接受的结果
游泳池的安静
是渐进的，是不停涌入
水面的落叶和白云

我刚接到父亲的电话
问我昨夜的痛风
他的声音在话筒里
像春风吹动池面
年老把他变得温柔

（原载《青春》2015 年第 8 期）

商 震 shang zhen 的诗

苦　冬

无雪的冬天是我的敌人
雪不来，故乡不和我说话
雪不来，我在异乡的苦楚无处掩藏
雪不来，所有的风都能把我吹动
我是脱离了根的枯叶
易怒易燃
雪不来，就不安静

（原载《中国新诗》2014—2015 诗歌排行榜卷）

沈泽宜 shen ze yi 的诗

殇

——致 S. J

不敢通话。就怕
再次勾起你的悲伤
你妹妹，我曾见过两次
多好的女孩
上帝召回的
要比我们优秀，纯粹

我们在泥淖中活着
温暖无比，习以为常。慢慢地
自己也变成了一个
泥做的人
腥浊而松脆

九天之上
有一个站立的位子。留给她
礼拜卜苍
星光，悲悯无声

（原载《诗选刊》2015 年 8 月号）

霜扣儿shuang kou er的诗

霜扣儿的诗

每遇秋天，我就更加矮小
密林停顿在诗歌中
我想要的光线犹豫在脚面
故乡，我想念你时
时间恍如流星

风很迟缓，风已吹过我的半生
我抱着枕头
仿佛轻飘的热爱
胸腔是深的，我埋头下去
每个角落都有暖流
我希望乍现焰火，点燃你的夜空

闭上眼睛，泊船一样的心里
我试着拨开灰色的空气
各次离别依依
处处挥手遗址
故乡，回忆如此脆弱，我眼巴巴拾捡
每次匍匐都是碾压美景良辰

怎么挽回。离开之爱又被泪水翻开

意境没有局限

任意角度都能把你我涌出

故乡，你接收我的战栗

你已全部得到了

——我悄然的恐惧与他乡不被喜爱的穹庐

或山岩，或海洋，或灯下独自蜿蜒羊肠

故乡，当我欲望消瘦

我又在纸飞机里飞来飞去

我在想你

我不知道你知不知

我多么忧伤。你的存在使我生来忧伤

我不知道死在哪里，才能得到遗忘

和被遗忘

（原载《诗选刊》2015 年 4 月号）

宋晓杰 song xiao jie 的诗

午餐前， 在画室

和两个男人

在第三个男人的画室里，看画

赤裸的人体从包裹中得以重见天日
胴体柔和而洁白，像窗外的阳光
只在关键部位，加一点点青铜的阴影

有一瞬，画室里静极了
阳光如欢腾的尘埃
我愣怔着，下意识地拉了拉衣角
三个男人饥饿地盯着他们想盯的地方
啧啧赞叹
并用小指肚儿，小心拂去浮尘

那个中午，我的脸红了两次
一次是因为羞涩
第二次是因为觉醒

为了掩饰我的脸红
我拍照，拍照，从不同角度拍照——
是的，我们在欣赏艺术
不是看女人

（原载《滇池》2015 年 7 期）

苏黎 su li 的诗

清东陵里的一只黄蝴蝶

是哪位贵妃的转世呢?
穿着华丽的衣裳
仿佛还带着阵阵
朝堂里的气息:
脚步轻盈,衣袂飘飘

你把我从大门外众多游客中认领
引着我走上镶着青砖的小路
小路已被时光磨损的坑凹不平
我跟着你,小心翼翼
一直来到一座香妃墓前

在这阳光明媚的夏日里
在这松柏苍翠的皇家陵园里
杜鹃躲在树林里千转百回地鸣叫着
蝴蝶呀,我顿时泪眼迷惘
我突然好想叫你一声姐姐

我从你的眼神里读到了

亲人隔世久远重逢后的惊喜
还是你百年的孤独和寂寞
你一句话都没有留给我
只留给我眼前的一片空

我们今生注定
只能是清东陵擦肩而去的过客
来世我们再做窃窃私语的好姊妹
你穿丝绸的衣服在窗前绣花
我给你在阳光下穿针引线

（原载《飞天》2015 年第 8 期）

苏浅 su qian 的诗

恒河： 逝水

三月无风，恒河停在黄昏。
站在岸边的人，一边和鸟群说着再见一边想起
昨夜在梦里悄悄死过无人知道。

从没有一种约会像死亡这样直接。
一生啊。它伸手抱住什么，什么就成为火焰；
一生怎么会这样美

刚开始是花瓣，后来是蝴蝶。

刚开始是一滴雨，
后来是恒河。

（原载《中国新诗》2014—2015 诗歌排行榜卷）

苏笑嫣 su xiao yan 的诗

对生活的投诚

失去的记忆清除了大多的岁月
而时间依然走得飞快　与记忆一同流亡
我困于城市森林　同无数高楼里的门一起旋转
有人正代替我远走他方

我们已经长大　顺应了时钟　和平庸的安全
但还没有获得未来
四周围起的高墙时不时砌入身体
醉酒是时间颤抖在水平线之外

黎明　一个荒凉的单行拐角
——醒来时我们已经站在现实的这一边
你无法成为一个游离而危险的人　于是重复

你消耗着时间而时间也消耗着你

继续前行的路上　黑夜里坍塌的高墙
又噼噼啪啪地重建一次
与此同时一只乌鸦不愿沉默　尖叫高飞
将时间、空间和你一同遗弃

（原载《民族文学》2015 年第 5 期）

孙晓杰 sun xiao jie 的诗

伴　跑　员

田径场的一条跑道上，出现了
两个人。其中一个是伴跑员
另一个是需要伴跑的：盲人，争胜者

一根绳子，把两个人的手腕
绑在一起，像手铐
但如果盲人代表警察
伴跑员则只能代表罪犯

伴跑员的职责是：控制方向、步率、速度
和盲人跑成一个人

在跑道上，伴跑员不是人，只是
盲人的眼睛，失去自由的影子

他奔跑，喘息，常常觉得
他陪伴的不是一个盲人
而是整个世界

他和盲人第二个冲过终点
他没有对盲人说：第二名，其实是第一个
失败者。比赛结束

盲人被导盲犬引领回家
他一个人坐在冷清的跑道上，望着
天上的云……

（原载《扬子江诗刊》2015 年第 4 期）

谈雅丽 tan ya li 的诗

恰 到 好 处

据说鲑鱼穷其一生，是为了追逐另一半
才辗转千里来到海上

水在江里聚集，鱼在浅滩挣扎
我过的是不咸不淡的一天，天至中午
我还不曾被谁惊动

这一颗心是娟秀的正楷，细细描过后
就要在厨房的烟火气里，安顿
遇见你，先学踮起脚尖的白鹭高空飞翔
然后又急骤地，从空中降落

从此后，长江水将分成若干支流
分别注入我南方的田川，你安定自若
不喜不悲
而我的心已乱如狂草

我心滚烫如火山爆发，如果我还安静活着
就得要一个恰到好处的理由
将其慢慢——

［原载《汉诗》（满江红）2015 年 3 期］

谭克修 tan ke xiu 的诗

理　　想

万国城没有人认识我
自从身份证在菜市场遗失后
我混迹在他们中间
总觉得信心不足
今早在水果店，有人说我的鹰钩鼻
和清澈的眼神有些矛盾
幸好他没看出来
我也没把魂魄带在身上

为了混入他们，我买来一条土狗
给它取了个洋名字花花
我让花花和洋狗们打成一片
学会在中心花园撒尿、调情
今天我把闹钟调到凌晨六点
带着起床气去寻找新生活
规划中的洪山公园依然是废墟
我依然没爱上这里的白天
尤其在中午，打开窗户
就看到几棵柳树在阳光下燃烧

邻居在和鸣蝉兴奋地交谈
而我只想打盹
我听见万国城一片寂静
除了打盹，我仅存的理想
是把费解的诗歌
有朝一日能印上业主手册
把遛狗的女人弄晕
让花花带着洋狗去洪山公园流浪

（原载《诗刊》2015 年 6 月上半月号）

唐 果 tang guo 的诗

魔　鬼

魔鬼
你什么时候打盹

你打个盹吧
我想取走你
脖子上的虎牙

我想把它献给
最最可爱的人

（原载《诗潮》2015 年第 6 期）

唐 小 米 tang xiao mi 的诗

旅　　程

路向前跑
树和草地向后
旅人的脸上有流浪的美

坐在窗口的旅人
想着窗外的事
当然，这只是我的猜测
也许他什么也没想
只是习惯性的
被带向远方

春天来了
羊群不再像孤儿
大地亦能安慰它们
草长得越来越长
允许它们
啃得越来越短

我却不能安慰一个孤儿般流逝的人

我的乳房干瘪

已不能喂养任何一个孩子

也没有肥美的草地

让他们埋首

在我的身体里

（原载《诗选刊》2015 年 9 月号）

唐益红tang yi hong 的诗

雅鲁藏布江的秘密

越是靠近，越是温柔

黄昏即将临近

雪光浮现　大地沉默

一根枯草终于走完了一个夏季

也许，下一阵疾风或者微风

就能轻而易举地摧毁它

我在暮色中疲惫地凝视

车队一次次经过国道边的一条河流

阳光一次次鞭打着我面前的戈壁和荒漠

真静啊　眼前空无一人

只有时时出现的水葬台

上面挂满哈达，和银色的招魂幡
在我眼前一晃而过

风吹经幡啊，处处布满玄机
河水藏刀，石头里面也有一个人间

（原载《桃花源诗季》2015 年秋季刊总第 20 期）

天 岚 tian lan 的诗

正月初二， 我跪在爷爷的坟前

爷爷，你的村庄好安静
没有一双鞋子踩脏你的大雪
一个高原上的小山村
空气稀寒而草木岁岁枯荣

爷爷，今天你在这里并不孤单
所有的时光与你同在
所有的情爱和恩怨与你同在
你头戴日月，手握泥土

你的房子为何又瘦又小
没有一块石碑肯为你站立

你就这么躺着，一字不提我们的过去
劳动就这么躺着
隔世的昨天就这么躺着

这多像我跪在自己的坟前
丢失了钥匙的主人跪在自家的门前
哪位女子轻步经过，一身素衣
掩面抽泣对我犯下的过错

安静的岗地　你比爷爷更苍老
丛丛白草披向了脑后
代代子民从这里颗粒归仓

（原载《诗选刊》2015 年 9 月号）

王 国 平 wang guo ping 的诗

两 株 芦 苇

一夜之间
河边的芦苇就白了头
诗人们的眼睛里写满了哀愁
其实　他们并不知道芦苇的心事

就像此时　微凉的秋风中
我们就是两株紧紧依偎的芦苇
互相清点着彼此的白发
然后在你的耳畔　轻轻地说
我终于没有辜负此生
我终于陪你慢慢变老

（原载《四川日报》2015 年 10 月 9 日）

王家新 wang jia xin 的诗

变暗的镜子 （节选）

1. 热爱树木和石头；道德的最低限度。
2. 那些一直到在严寒之中生活是怎么一回事的人，将从院子里腾出一小块地来，种上他们的向日葵。
3. 活到今天，要去信仰是困难的，而不去信仰是可怕的。
4. 如果一头驴子说它是伟大的诗人，你要肃然起敬，因为这是在一个诗的国度。
5. 我喜欢听这样的音乐，在大师的演奏中总是想起几声听众的咳嗽：它使我重又在黑暗中坐下。
6. 不是你老了，而是你的镜子变暗了。
7. 你每天都在擦拭着房间里的松木地板，是为了和你的永不降临的赤足天使生活在一起？没有天使。在你的墙脚上方，一只大蜘蛛下凡。

8．再一次获得对生活的确信，就像一个在冰雪中用力跺脚的
人，在温暖自己后，又大步向远处的雪走去。

（原载《诗选刊》2015 年 5 月号）

王明韵 wang ming yun 的诗

下 落 不 明

一滴水，跌入一群波浪
风暴卷走了初绽的雪花
手持票据，实名制，被反复查验
摄像头取代了眼睛、心灵和星辰
一端是地图、指南针
另一端是忙音，呜咽和空号
大地上贴满了寻人启事
更多的人至今下落不明

（原载《十月》2015 年第 1 期）

王琦 wang qi 的诗

飘　落

我在认真研究一枚羽毛
用嘴轻轻向它吹气，看它从高处自由落下
然后再吹
一队大雁飞走后我这样怀念它们
站在已经收割过的土地上
目送一队大雁飞过后，天空
比视野更空虚，这让我感觉到了它们的冬天
在向我靠近，这些候鸟
总在不经意间提醒我们麻木的内心
轻轻地吹一口气，若有若无的
一片被遗弃的羽毛
飞走
飘落
我不觉得自己比鸿毛还轻
只是觉得今天的天空格外干净

（原载《大庆作家》2015 年 1 月）

王文军 wang wen jun 的诗

雪 还 在 下

天已经亮了，雪一点也没有
停下来的意思

那些一样的雪花
使很多不一样的事物
变得一样起来

天是白的，路是白的
河是白的，山是白的
只有在雪地里行走的我
是黑的

我隐隐担心
如果雪再下大一些
我会不会
找不到自己

（原载《诗潮》2015 年第 7 期）

王学芯 wang xue xin 的诗

破旧的通讯录

我不删除大地的声音
也不再扩大发芽的空间
一路向前　脸庞轮廓　街道
房屋或者墓地
各种沧桑的遭遇
忘却演变成过去的一切
像泥鳅游在淤泥中
隐于音讯的深处

此刻我仰面浮在草丛间
天空是被缩小的池塘
那些云朵　那些清晰的平常画面
陷入虚空的窘迫
静默如同巨大的穹顶
从天而降
但尽管这样　我依然用眼睛寻找
——灯光或者萤火虫
拒绝天际的绝对沉默
即使墓地

我也要丰富房屋街道脸庞的轮廓
因为我们曾经炽热

（原载《诗刊》2015 年 9 月号上半月刊）

王琰 wang yan 的诗

向 西

门向月亮敞开
一块油润的和田玉
玫瑰和骆驼刺装点花瓶
一张暮色桌子
石榴榨汁，星星煮汤

穿艾德莱丝绸的女人
花哨的，如同将喧闹的街市穿在身上
集市散了
这里有最冷的夜晚和最暖的白天
如同忽冷忽热的情人
正骑骆驼而来

泪水当药，涂擦伤口
什么时候骆驼煮肉

长相厮守

（原载《诗歌月刊》2015 年第 5 期）

王寅 wang yin 的诗

我们不再谈论抑郁症

我们不再谈论抑郁症
不再谈论与我们无关的天气
天空中那些水泥般的灰色
那些纷纷坠落的死亡

你合上手提箱里的文件夹
无心点亮逐渐暗淡的日光
也没有折叠起角落里的床
无意回暖心里那条冰僵的狼

掉落的牙齿是无法修正的疾病
更是已经湿透了的幽灵
我们听之任之，让寒冷
弥漫，让透明的海水蔓延

我睡去，你醒来。你的睫毛

听见海边树叶飘落的声音
那是另一个无法辨认的自己
还未出生就已离去

（原载《上海文学》2015 年 9 月号）

韦锦 wei jin 的诗

最好的地方

喂，伙计，那口井已干了
你为什么还往里扔石头

喂，伙计，那口井再也发不出
水桶碰到水面的声响
你为什么还往里扔石头

喂，伙计，那口井不再照出
你两鬓斑白的面白
你为什么还往里扔石头

喂，伙计，那口井里苔藓都死了
你为什么还往里扔石头

喂，伙计，那口井里不是有你
折断脖颈的小鹿吗
你为什么还往里扔石头

喂，老家伙，你嚷嚷什么
你说，这些让我伤心
又硬又沉的东西，你让我丢到哪里

（原载《扬子江诗刊》2015 年第 3 期）

吴投文 wu tou wen 的诗

春天的爱情之书

在春天，我的体癣总是发作
我容忍这羞涩的痼疾
便在花朵的骨骼中飞行
草木变得光洁，而流水带来高山

我擦着地面飞过，花朵不允许
我擦着树尖飞过，草木不允许
我擦着云层飞过，流水不允许
我擦着太阳飞过，高山不允许

我便只有禁锢在花朵的骨骼中么
花朵的热烈一尘不染，是我的坟么
我发酵的心怀着牺牲的意志
我却终于变成一只虫蛹，好么

我愿意埋葬在人间浩荡的尘埃中
如春之留痕，遍体的癣垢是我的烙印
一块墓碑隆起在春天的花蕾中
淹没我的哀悼，而复活我的晕眩

（原载《时代文学》2015 年第 4 期）

吴昕孺wu xin ru 的诗

望 向 天 空

坐在办公室，看书累了
抬头望向天空
仿佛一张没写字的白纸
但上面有字
隐隐跃动。我紧盯着
想读出其中的含义

但整个天幕，始终没有

任何东西，没有鸟

没有云，没有风

甚至我怀疑，根本

就没有天空。那些字究竟

在哪里跃动呢

我闭上眼睛，它们顺着睫毛

钻入我的眼睑

我的内里一片漆黑，但那些字

依然在隐隐跃动：一个像云

另一个像风，像鸟的那个

被黑暗溺死，沉入无底的天空

（原载《绿风》诗刊 2015 年第 6 期）

肖 寒 xiao han 的诗

越来越少的生活

不论对这个世界多么的热爱

我的生活都会越来越少

经过的人，带走我生活的一部分

经过的风，吹走我生活的一部分

经过的雨，浇灭我生活的一部分

我越来越少的生活
开始变得坚硬、狭小
更多的时候
我会迷失于自我之中
对自己实施无法抵抗的力量

（原载《中国新诗》2014—2015 诗歌排行榜卷）

肖 水 xiao shui 的诗

自 画 像

写诗就是将自我物化，将所有细小的
鬃毛固定在马背一条狭长的金属板上

也允许虚词在树梢悬垂，像冬日清晨
颓裸的树林里，白蛙重重地拉长雨滴

而天空光洁如新，星辰早已删除过半
涂油之后，一切静止都在打滑，一切

抵达都像灯泡的螺口，扭动使自身在
夜幕的浓稠中减少，化开，不可撤销

（原载《诗歌风赏》2015 年第 1 卷）

晓 雪 xiao xue 的诗

白昼中的风页

以风记录平淡的一天，就这样开始吧
我站在了城市外围的高处，寂静、
空茫与不知名的飞鸟，浑身沾满了
黎明前的露水，又像一枚
植物的小小果实，等待着
被阳光袭击和灌浆
风页直入云端，是独白还是
对陈旧与黑暗的祭奠
仰望它，额头上的汗没有被刚刚
吹过的一阵风察觉

（原载《诗林》2015 年 6 月号）

谢克强 xie ke qiang 的诗

二胡独奏：《二泉映月》

弓一拉动
拉得夜色也微微拌颤
只听凄婉的弦声
颤抖着　流进一曲生命的
悲怆

命运与音乐相切
才使苍凉与凄切成为旋律么
感觉刚一触摸弦音
月光里　我看见一位盲者
用一把瘦削的胡琴
支撑人生

欲哭无泪
无泪的伤感令你无法睁开眼睛
眺望苍穹里那一轮明月
你才独自承受无边的夜色
在梦之外低头沉思

这不　手中的弓
再一次切入两根锃亮的银弦
我知道　那是你用忧郁的言辞
轻抚水中的月　然后
吟成化不开的情思
照亮夜

浴着清冷的月光
我闭上尘世的眼睛
一任双眼蓄满二泉之水
汩汩泉水　倒映心空那一轮
冰清玉洁的冷月

（原载《诗选刊》2015 年 5 月号）

谢晓婷 <small>xie xiao ting</small> 的诗

夜　纪

没有缺口，也谈不上完整
更难分清左手和右手，谁先冒犯了谁
鱼和鱼之间，必然有一种选择
——活下来，或继续活下来
水是一张票据，通向生活的冷面

一词多用，往往令你疲惫不堪
而这正是你校正后的中年生活

写作中，你常写到阳台
写到会发光的尸体
他们透过玻璃的毛孔潜入室内
吃掉窗帘、盆景，吃掉你
用米驱蚊的半瓶药水……
令你头痛的不止这些
你省下电费，买了副墨镜
可黑夜还是一眼认出你来

（原载民刊《诗品短诗两百家》）

辛 泊 平 xin bo ping 的诗

只是， 我依然不确定此生的目的

只是，我依然不能确定此生的目的
虚拟的族谱上，父亲已经成为符号
和死于日本人枪下的祖父一样
在某一个时间，唤醒子孙零星的记忆

念过的课本早已破旧不堪

只是在梦里，作业本上歪歪扭扭的理想
那些醒目的红叉和对勾
才散发一点，起跑时枪响的光亮

阳光穿过灰尘洒满的大地
楼群之上，鸽子画出美丽的弧线
从乡村到城市，每一步都是未知
油烟弥漫，我开始怀念田间青草的味道

我参加的婚礼和葬礼大致相等
欢乐一瞬间，悲戚一瞬间
生死两隔，我们必须接受
所有人的呼吸和体温

知识，我依然不能确定此生的目的
越来越紧迫的日程，琐碎的日子
阅读与写作，我无法最终确认
哪一个更真实，哪一个更虚无

（原载《星星》诗刊 2015 年第 1 期）

徐书退 xu shu xia 的诗

蓝　菊

母亲离开了，
随着一次次的黎明，慢慢渗进泥土。

坟边，玉米穗壮实得歪着头，
豆荚成熟，裂开豆子的清香。
院子里，一株蓝菊，五朵花，
四朵代她绱鞋、做饭、串门、看姥姥，
一朵发呆。

（原载《中国新诗》2014—2015 诗歌排行榜卷）

薛梅 xue mei 的诗

我看到无数次说过的山坡

风车在旋转，时而缓慢，时而急速
这完全取决于风的方向
这是它宿命的一生
像一个人的内心，执拗，忠实，隐忍

大多时候，风车在山坡上缓慢地眺望
它看到野草花开得正旺
一群白云赶着一群白云在走
它只能孤独地蜷缩在叶片上相思

没有人知道，风车的骨缝里生长着刀锋
是风将它打磨得更有力量
它可以风暴般地点亮每一盏灯
让漆黑的夜瞬间光明

这是我的故乡木兰围场的一处风景
我熟悉那些草木下的春情
冰河的潮涌
都踏着风车的节奏，缓慢，却永不停步

大风起兮。万籁恭候，四野匍匐

（原载《诗选刊》2015 年第 3 期）

亚 楠 ya nan 的诗

秋 之 恋

因此我热爱秋天，仿佛一种呼吸
在我身体中呈现出淡蓝色
和负氧离子。而其他的季节都是我的
影子，假如没有光，没有风
抖落在花丛里，那么，你看见的这些也
就失去了意义。所以我没有喊
出你的名字，没有在春天
把最初的想象涂抹成绚烂，以及
谁都看不懂的文字
就像你的呓语在那个季节
结出了果实。也曾回忆过，黄昏的
小屋里所拥有的温暖——
在山谷里，我听见了野鸽子
用森林的语言记录爱情

（原载《扬子江诗刊 2015 年第 2 期》）

阳飏 yang yang 的诗

台湾高雄：一条河流的命名

因为一对青年男女殉情自杀
流经高雄市内的这条河遂被称作：爱河
我们乘游船于爱河
河两边的树木开着不知名的花朵
如果把花朵绽放的声音扩大
我愿意当作是那一对殉情男女说的悄悄话

想起童年记忆中一对卧轨自杀的青年男女
那天晚上，一群孩子在铁路道轨捉蟋蟀
听蟋蟀叫，我
忽然记起破烂草席遮盖下并排裸露的两双赤脚
等着家人认领的尸体

月亮照着，仿佛乘火车然后乘飞机
几十年以前的月亮
匆匆赶来，照着今夜的高雄

（原载《青海湖》2015 年 8 期）

杨碧薇 yang bi wei 的诗

我能说我痊愈了吗

那个曾依赖过的世界
终于卸掉妆，坐在挂满脸谱的化妆间

我凝视它：并不比我美
也不比我丰盛

修补过的翅膀在练习明天的飞翔
镜子里的我鲜嫩无损

既然最深的黑已经过去了
不妨在守候黎明时
再温上一盏黄酒

除了微醺，还
突然想看着小葱、胡萝卜、白菜
从地里
一点一点长出来

（原载《诗歌风赏》2015 年第 3 卷）

杨东彪 yang dong biao 的诗

鱼儿不知道

鱼说
有水的地方
必是家

水说
有鱼在身体里游动
才知道自己还活着

迎春花说
我坠落的花瓣
是一片片凋零的生命
最后的舞步

水无声
因为水知道
鱼不语
因
为
鱼儿不知道

（原载《长江日报》2015 年 3 月 5 日）

杨 炼 yang lian 的诗

一只瓷枕梦见那些头颅

碎片堆一动不动
还牵着雪白朝一抹象牙黄陨落
碎　才是最长最烫的龙窑
为不变的夜　擎出我肉里一朵朵暗花
一只瓷枕梦见大宋的头颅
依偎进一条线　云端隐约的白鹤
飞出徽宗疯狂的青
放逐的笔都写下回眸
我就是回眸　切除疤痕累累的树
一只瓷枕梦见瑟缩的冬天
凛冽　无人　一如倪云林的洁癖
一只瓷枕梦见亡国捧不住一枚落叶
我就是落叶　借助一个娃娃的形象
轮回　一千年的山径是脆的
脸颊贴着风声析出
一只瓷枕梦见赶考的人群　逃难的人群
那些头颅　正构思一首流离之诗
随一滴泪挪用无数容颜
四散入一小堆星空的尘土

一只瓷枕梦见的什么不是残肢

我就是徐渭刀下砍了又砍的一段残肢

青藤之清冷　无视家的瓦砾

一只瓷枕梦见虚空中的房间

毁灭成现在　仍挤满虚空的亲人

每只鼻孔有烧制过、冷却过的硬

每双瞑目抵押给沉睡

头颅　不可能更假时

瓷枕之梦血淋淋的真

摩擦　我的瘀伤　时间的淤伤

一朵朵暗花　刻入一夜

娃娃们在脚下嬉笑

碎片堆一动不动

（原载《诗刊》2015 年 8 月号上半月刊）

杨 蒙 yang meng 的诗

时间里的故事

时间它不留痕迹

前年的台风

包着它离开

沿岸是人潮

以为能篡改悲剧

最终被悲剧篡改

人是活的

故事是死的

人都走向自己的故事

故事却离开了属于自己的主人

（原载《工人日报》2015 年 7 月 20 日）

夭 夭 yao yao 的诗

枯　叶　蝶

它省略了自己　同众多的落叶在一起

早已辨不清你我了　秋天缓缓而来

倚栏人收回了眺望

水声犹如要归隐的追随者

它是孤岛　它收拢了翅膀

林间的寂静同沙沙的落叶声有着某种联系

藤蔓停止了攀援

花枝中仍有振翅后留下的嗡嗡声

或许有另一种可能：它在沉睡中追赶另一个自己

犹记初见时模样　在翩翩飞舞的清晨
翅尖滚动着百花的媚相
但现在　它们偎依在一起
仿佛要一同赴死
仿佛赴死的路上没有落叶也没有蝴蝶

（原载《诗歌风赏》2015 年第 3 卷）

叶舟 ye zhou 的诗

雪　后

白雪，白得像度母。
白雪肯定是菩萨留下的十万哈达。
白雪，像狗的鼻子，一碰就化。
如果没有了它，天空也没意思。

白雪是一根骨头。
白雪，让喇嘛们的袈裟更红。
白雪是另外三个卓玛的小名。
羊年一到，每个人都满嘴酥油。

白雪，白成了一把盐。
白雪下的帐篷里，擦亮银碗。

白雪，有时候会深蓝。
偶尔，有人在坡下看见了佛的足印。

白雪是前半夜下的，后半夜走了。
白雪让一把三弦哽咽。
白雪季节，寺里的钟声止息。
谁都知道，头顶上已经飘满了福音。

（原载《人民文学》2015 年第 7 期）

荫丽娟 yin li juan 的诗

诗　　人

我见过的诗人不多。
他们比春天更早的醒来
走出一间普通的小屋
走出人群。
除了修辞、意象，也说今天的菜价和街角的流浪猫。
他们先知先觉，月光下的爱情
并在屋前屋后种植了一些花朵。
花开时，香气穿过篱笆和无边的寒冬
那些花浓缩了世界的光影
带着神性的昭示。

他们用血液、肌肤，用深入心底的甘泉书写
黑夜，路边的车矢菊和祖国那片瘦弱的泥土。

（原载《中国诗歌》2015 年第 6 卷）

尤克利 you ke li 的诗

阳光照耀大地

阳光照耀大地，每天
我们都和世上大大小小的动物们在一起
做着本质上基本相同的事情，为了各自的理想
生生不息。我们也和制陶的工匠、画师
在一起，制作吃饭的碗碟、汤匙
春天栽下的葫芦，到秋天终能长成大器
弱水三千中有等待它去舀取的一瓢
可是落日啊，每当黄昏临近，我们
总是在你的余晖里匆忙地赶路，回家或借宿
好像我们是一些比你更加长久的事物

（原载《青岛文学》2015 年第 1 期）

于贵锋 yu gui feng 的诗

星星叫， 鹰也叫

蹲在山岩，飞在天空，但无人知道鹰的家。
鹰会叫吗？

在兰州，在甘南，白雪和春天有另外的名字
星星住在风心上

白马风马
白鸟黑鸟
你是在古马之前之后
又一个为了情义把酒喝成水的人

你是又一个杨柳依依玉石有赠但雨雪送不回家的人
我和你东倒西歪走在深夜的白和黑上

一颗醉了的星星在亚洲草原腹地采着天鹅的白蘑菇
一条醉了的河滔滔不绝但不改天边和尕海的初衷

忘了什么删了什么空出了什么
空空的草原上一匹白马你和谁坐在一顶帐篷的外面

星星叫，鹰也叫，鼓掌的都是爱美爱得荒凉的人
都是对着有名字无名字的花儿鞠躬的人

（原载《中国新诗》2014—2015 诗歌排行榜卷）

余小蛮 yu xiao man 的诗

蓝色鸢尾花

那时你还在写诗。你沉默的样子让房间也暗下来了
笔尖轻轻刺过的纸页：
伤口再也不会好了

就像被玫瑰吻伤的手指——人们说你吸食女人蓝色的血
那是灵魂不可遏止的流泻

我开始爱上你的时候园中还开着蓝色的鸢尾花
这是我的国家：女人爱男人要隐忍

至少不要像一枚完全打开的花朵

（原载《中国新诗》2014—2015 诗歌排行榜卷）

余 幼 幼 yu you you 的诗

一个怀疑主义者被怀疑

一个陶瓷杯的晚年
是空置的
杯底的颜色和沉淀物证明
陶瓷杯的所有者
不喜欢平淡无味的生活
她收集体内分泌的苦
冲开水喝掉

一个空置的陶瓷杯
曾是怀疑命运的一只眼睛
杯口朝上或朝下
的区别在于
是装满一间房子大小的孤独
还是一个杯子容量的孤独

一个怀疑主义者的陶瓷杯
在孤独中烧制成形
又在孤独中变成瞎子
陶瓷杯

闭上眼睛
完成对自我的怀疑

（原载《诗歌风赏》2015 年第 1 卷）

语伞_{yu san} 的诗

摆 渡 的 人

世界上只有两种人：到过外滩的人和没到过外滩的人。
所有的人都口含星星，不约而同来到同一个渡口，互为亲人、
邻居、陌路人或生活对手。
体内会哭的东西想过江，下沉的东西抱着金碧辉煌的人生想独
守欲望之城。
摆渡的人摆渡任何人都是在摆渡自己，摆渡无数个梦游者就是
摆渡无数个自己，无数次的摆渡之后，摆渡的人总是万分沮丧
地回到爱恨交加的原地。

世界上只有两种人：到过外滩的人和没到过外滩的人。
没到过外滩的人，背上都曾有过翅膀。
到过外滩的人，都背负着一对瘫软的桨，一如达利画笔下，垂
挂于树枝上的时间。

（原载《散文诗》2015 年 1 期）

张联 zhang lian 的诗

所有的光照下来吧

所有的光照下来吧

在这个初春里

温暖了村子的所有生命

窑面的穹顶支撑着厚重的山脉

开一个门　开一个窗

院面的开阔处有一株高大的枣树

赤裸着强劲的枝杈

高过了山顶进入了天空里

展露着嫩枝嫩芽

小女孩依偎着它

注视着院中跑动的弟弟

母亲默默地搭满了连接枣树

晒绳上的衣服

一株小杨树费劲地拽着另一边

六只鸡成了院面上的贵族

它们的姿态和步伐带着小身影

划过院面上每一处珍贵的地方

因为他们寻找到了珍物

吃饱的小猪这会正歪着身段

静站着晒太阳
吃不饱的狗儿还留恋着猪食盆里的残羹
最神秘处的小栅栏让一根木棒顶着
因为那是世界上最小的洞穴

（原载《扬子江诗刊》2015 年第三期）

张 琳 zhang lin 的诗

春天的墓志铭

我有两次死亡：一次被爱烧成灰烬
另一次，被时间瓦解。
我愿意选择在春天死去
因为青草还替我活着
因为花朵还替我活着。
人世远胜过天堂，自然更别提地狱了。
没有人会为我写下墓志铭
我也不屑于去写，知我者谓我何求
不知者谓我何忧。
我喜欢春天的河流，它们永远不知道
流向哪儿，我喜欢春天的山峰
它们从不爱上过往的浮云。
我在春天死去，因为我不喜欢夏天

不喜欢秋天，不喜欢冬天
我喜欢的事物我都喜欢过了
不喜欢的事物，现在我也要远离。

（原载《人民文学》2015 年第 9 期）

张妍文 zhang yan wen 的诗

在开始时结束

对话、拥抱、游戏
不过是在梦里
镜子一碰即碎
像我的泪水　像乘着诺亚方舟
逃离，不过是一个女人
亲手制造的世界末日

镜子照你　照我　是完整
也是幻觉和破碎
忘记枷锁　忘记服刑日期
只不过是我的思念
无限自由地延长

一条绳索，剪断或打结

只是偶尔的奢望
就像那年夏天
我的裙角在微风中扬起
而你，只不过恰好路过

（原载《华声诗谈》2015 年第 5 期）

张烨 zhang ye 的诗

夜过一座城市

火车的呼啸传到你这里已成为微风
微风轻轻走过不触动周围什么
但花草已经认出，涌起战栗、低唤
今夜，我也是一阵微风

（原载《诗刊》2015 年 9 月号上半月刊）

张 战 zhang zhan 的 诗

陌 生 人

这是我的厨房
这是我的餐桌
陌生人
我请你坐下
坐在这张老榆木桌旁
抽着烟
安心地等
我为你做一顿晚饭

洒些盐
滴两滴醋
煎几个鸡蛋
热油大火
我轻翻锅铲
把它卷成一团鹅黄的云

清炒白菜苔
叶尖还带着露水
脆生生的秆

轻托着一簇绿火焰

啊陌生人
我不问你从哪里来
我不问你心里的恐惧
像河沙藏在深河底
我不问你为何忘了自己姓名
为何会敲了我的门
坐在这里
你不安的手指
像刚逃出箭阵的哀鸟

我也不会说出我心里的怕
我的怕是水里的蝴蝶
石头里的鱼
我的怕是一根穿不过针孔的线头
我看着那些伤口
无法缝补

啊陌生人
你吃
你喝
然后你走
这样的日子
神仙都惶然失措
你也继续你踉跄的脚步吧

然后我关上门
我哭
哭那些被鸟吃掉了名字的人
被月亮割掉了的影子的人
被大雨洗得没有了颜色的人
那些被我们忘记了的人

那些和我一样

跪下来活着

却一定要站着仰望星星的人

（原载《诗刊》2015 年 9 月号上半月刊）

张执浩 zhang zhi hao 的诗

仿 《枕草子》

鸟鸣是春天的好听，尤其是

第二场春雨后

清晨，大多数人还在熟睡

你也在黑暗中

凭声音去猜测鸟的身份很有意思

彩鹬，鹊鹞，乌灰鹞，黄腰柳莺……

水杉高过了屋顶

屋顶上面还有屋顶

若是从空中往下看

即便看不清，那些摇摆着的

嫩枝也一定有趣

那些还没有来得及掉落的叶子

哀求着的生命

是很有意味的

（原载《诗选刊》2015 年 6 月号）

郑小琼 zheng xiao qiong 的诗

豹　　子

花豹子在雪中奔跑

耀眼的光斑　　低垂下的群山

战栗　群山露出屈辱的轮廓

被暴力的雪覆盖的草木　岩石　和颗颗

将要萌发的种子（被雪禁锢的胚芽）它们是

沉默的　风转身在雪中开口说话

云层像灰色的五线谱奏着伤感之乐

花豹子是寒冷中的斑斓

它跃动　像草木在风中晃动

仿佛像大雪中受难的人群

在沉默中绽开或者战栗

（原载《中国新诗》2014—2015 诗歌排行榜卷）

周庆荣 zhou qing rong 的诗

大 画 布

把一张大大的画布留给我。

我就要开始画画了,世界这么大,我不能把它画小,我想画出一个好世界。

画山画水画好人,画天空并且不忘画下自由的云彩。画庄稼给所有饥饿的人,画路给那些就要绝望的人,画鲜花画上瘾,谁善良厚道我就画一朵给他,谁克服黑暗让人们走出苦难,我就画下人心的光明和热爱。

画江山如此多娇,画和平画得我双目充满了泪水。

我收集战争留下的灰烬,用最黑的颜料画下地狱,那些让世界生灵涂炭的牛鬼蛇神,是地狱里最坏的鬼。

我画人间永远的繁荣,画宁静画成一只鸽子。鸽子于是在天空飞。

大画布上,最后就是一只鸽子。世界安静,鸽哨在响。

(原载 2015 年 8 月初版《世界声音——纪念中国人民抗日战争暨世界反法西斯战争胜利 70 周年诗选》)

周所同 zhou suo tong 的诗

青春回眸： 留言

我已放下身外之物
平静接受孤独、寂寞、迟钝、衰老
和清闲；青春只是怀念
那么明亮、远、那么一闪

现在，我就是一件旧衣服
还算干净，洗一洗可以继续穿
偶尔写诗，下棋
是寻找亲人分辨黑白
是想说：一杯清茶不怕愈饮愈淡

（原载《诗刊》2015 年 9 月号上半月刊）

周云蓬 zhou yun peng 的诗

转　身

灰色的夜　驼着背　坐在床头
请别转身
我害怕重重叠叠的梦魇
滑下去
眼眶中生满黯蓝的水草
失望的天空越走越远
离弃了背叛他的土地
请别转身
我害怕愧疚
自己撕扯自己的头发
将前半生连根拔起
披黑火的神倒退着压向我
请别转身
我害怕突然的复明
弥留的深渊，月光朗朗
看不到一个往昔的亲人。

（原载《诗选刊》2015 年 5 月号）

朱建信 zhu jian xin 的诗

士 兵 雕 像

一座和一百座是一样的
这个国家的和另一个国家的是一样的
石质的和铜质的是一样的

披着硝烟的大氅，阳光睡在身上
表情是一样的：凛然肃穆
我听见他们说——

我们不笑，为什么？
你懂的。我们不哭
为什么？你懂的

我们热爱兵器：最有力的一只手
热爱战场：把热血交付给它
你懂的。你不懂，我们也不在意

我们热爱死：握着枪的死
——我们的遗言
我们献给和平的礼物和祝福

和平总是从战争中起步
止步于下一场战争来临？
我望着他们，他们望着世界

（原载 2015 年 8 月初版《世界声音——纪念中国人民抗日战争暨世界反法西斯战争胜利 70 周年诗选》）

庄凌 zhuang ling 的诗

人 生 如 戏

上表演课，老师要我演小三
开始我还有点不情愿
我嚼着口香糖对男人指手画脚
吃香的喝辣的，穿金的戴银的
掐他的耳朵，摘老树的果子
女人拥有万紫千红的春天
才有资格拥有坏脾气
我排练了一次又一次
渐入佳境，我不是喜欢演戏
是喜欢上了这个角色
信不信由你

（原载《诗歌风赏》2015 年第 3 卷）

黄 刚 huang gang 的诗

呦呦： 中国青蒿的歌唱

呦呦，走出《诗经》的江南女子
青蒿，寂然大地的中国小草
三千年前的缘分
邂逅于三千年后
呦呦就是那株香辛清冽的青蒿
青蒿就是那位素朴独立的女性
你从《诗经》走来
呦呦于原野的风 大山的雨
你把药典咀嚼
嚼出葛洪的密语 青蒿的灵性
为了三千年前的缘分
你将自己修炼成一株青蒿
路边的青蒿　原野的青蒿
山沟的青蒿　水湄的青蒿
不惧脚踩　不畏火烧
不怕雨打　不屈霜冻
独自呦呦
独自摇曳
用 191 次寂寞的实验煎熬

催生一个抗疟的世界传奇：

屠呦呦——青蒿素

呦呦鹿鸣　穿越多少个王朝

茵茵青蒿　荣枯多少个季节

在秋天

在十月

在中国

赢取崇尚探索发现的诺奖

"呦呦鹿鸣，食野之蒿"

这是一位女性对一株小草的厮守

这是一株小草和一位女性的默契

缘分从《诗经》开始

邂逅因使命发生

因为你——屠呦呦

用八十五个春秋

让自己长成了一株青蒿

一株堂堂的中国小草

不在乎土壤肥瘠

不计较阳光多寡

不埋怨风狂雨骤

屠呦呦　野草一样的青蒿

也有花期　也要绽放

那是一种大爱盈天的辉煌绽放

那是一种神韵弥野的生命舞蹈

（原载《江西日报》2015 年 11 月 13 日）

解 jie 的诗

乌兰布统之歌

火狐

我跪在我的面前
我为懦弱记录
细长的身姿
从岩石缝中来
爱慕，胸前的白练

大监欲滴
草滩上是霜是雪
是雾是尘
朝霞，抑或夕刚
身后拖着的尾巴余烟袅袅

那达慕人会上
骏马们啃食青草时
自顾自打着响鼻
然后便跑出人们视野

然后留下一串嘚嘚嘚的色彩

昼与夜模糊
这一切忽然长满了胡须
我跪在我的面前
我从逆光出发
戴上口罩，慢慢地，老去

奔跑的一刻

时间银装素裹
跟随木兰围场一同睡着
不是秋狩
为何大爸爸哨鹿响起
不是盛夏
为何野茫茫风吹草低见牛羊

雪海包围毡房
白桦林为玉树琼花
如同深草卧彩云
哦马群，正向我们奔来
如同暗流汹涌
似原野翻腾
牛羊们开始蠕动
篝火陪伴残月
野花随之斑斓
牧人亮出高亢悠远的长调

奔跑吧，飞舞的皮鞭
奔跑吧，心爱的马群
在乌兰布统粗犷的肩膀上

黑暗火去了方向

光环

在塞罕达巴罕色饮
我们不过是意象的影子
而，镜头中的景色
比美景本身更美：
如翠，清秀，琼香……

目及处，仿佛两鬓霜白
傲立冰大雪地
重要的不是那些画面
重要的是那些经典画面斤的花絮
花絮中那些装备、段子
旗帜和温暖

但这凌晨，我们
趁着霞光照亮之前
布下大罗地网
准备打一场漂亮的歼灭战
我们像战士呐喊
瞄准了目标，随时扣动扳机

诺，壮汉骑上了马背
敖包最斤的接吻
让我们徘徊不舍

必经之道

马是你的全部
骑马是你的必经之道
马跑到哪里
快乐的诗就写到哪儿

你常与马对视
马脸可爱极了
眼神羞涩
双耳如犄角
梳着金色侧分长发
额前刘海
暖阳里贵气逼人

从马背上认识颠沛
一辈子，谁能告诉你
一首快乐的诗到底要巧多久
（从孩提开始
一直写到暮年）

啊，马是你生命的全部
骑马是你一生的必经之道
马跑到哪里
有你，快乐就到哪儿
在转场
一个人沿着坡路
两座斤陵间徒步晒太阳
山洪陡然聚集形成
淖

坝上狂风
坝上暴雪
孩子，你赶快回家吧
快！赶快跑啊，马上白色恐怖
若像玉树下红衣人无动于衷
青春，一定死得难看
一定死得没尊严
一定会有更多棺材为腐败陪葬
牛羊，一定会冻僵
一定会有被冰雪覆盖的尸体

到那时草甸跑哪去了
山杨杏林跑哪去了
白榆小红柳沙杞柳柠条跑哪去了

白桦林丛生
椋鸟闯入一道弧光：
闪电湖

（原载《湖南文学》2015 年第 3 期）